鴉
Illust. きさらぎゆ
JN038073
聖女先生の魔法は進んでる！
2 竜姫の秘めしもの

聖女先生の魔法は進んでる!

2 竜姫の秘めしもの

CONTENTS

The saint teacher's
witchcraft
is progressive!

――一体何をやっているの、アイツは！

アンタは強くて、私たちでは
到底届かない程の頂にいる。
でもね！ だからって、
アンタが全て背負う必要なんてないでしょ！

キメ
下手な回答をすると、罪人として投獄される可能性だってあるわよ？
「と、投獄……？」

聖女先生の魔法は進んでる！2

竜姫の秘めしもの

鴉ぴえろ

ファンタジア文庫

3411

口絵・本文イラスト　きさらぎゆり

聖女先生の魔法は進んでる！

2 竜姫の秘めしもの

鴉ぴえろ　Illust. きさらぎゆり

STORY

最強の聖女だったが、異端として追放されてしまった聖女・ティア。
ティアは落ちこぼれの聖女候補三人の先生となり、
その規格外の指導で彼女たちをみるみる成長させていく。
そして禁域指定のダンジョン踏破という歴史的な偉業を成し遂げるも
王都で何やら不穏な動きがあり——？

トルテ・パーソン
ティアの最初の弟子で
家族同然に暮らしていた。
《祝福《ブレス》》の才能を持つ。

ティア・パーソン
聖女候補たちを導く先生。
その規格外すぎる能力は
教え子たちもびっくり。

アンジェリーナ・グランノア
通称アンジェ。
王女であり、かつ聖女候補。
《結界《バリア》》の才能を持つ。

エミーリエ・アシュハーラ
通称エミー。
ヴィーヴルという最強の
種族。《浄化《ピュアリファイ》》の才能を持つ。

CHARACTERS

オープニング

「――一体何をやっているの、アイツは！」

苛立《いらだ》ち混じりの怒声が、小さな部屋に響き渡る。入り込む光も最小限、そんな暗がりの部屋の中で肩を震わせているのは聖女たちの頂点に立つレイナ・トライルその人。

普段は冷静沈着な彼女が取り乱している様を見て、共に部屋の中にいた女性、キャシーは苦笑を浮かべながら肩を竦《すく》めてみせた。

「いやー、相変わらずやることがとんでもないんだわ、ティアは」

「うむ、まったくだな」

キャシーに同意するように笑ってみせたのは老年の紳士、デリル。

レイナと共に暗躍している彼等《かれら》が何故《なぜ》ここに集まっているのか？　その答えは遠い辺境にいるティア・パーソンからある報《しら》せが届いたことから始まる。

「まさか禁域のダンジョンであるドラドット大霊峰の浄化に成功した、なんてねぇ。誰が予想出来るんだか？」

人々の生存圏に対する脅威、世界の歪《ゆが》みによって発生するダンジョン。

そんなダンジョンの中でも特に危険とされる禁域は、未《いま》だにその攻略を成し遂げた者がいないとされている。

事実、聖国の歴史を紐解《ひもと》いてもダンジョンからモンスターが氾濫することを抑えられても、ダンジョンそのものの攻略を成し遂げた記録は存在しない。

そんな中に齎《もたら》された、禁域の一つであるドラドット大霊峰攻略の報せ。

誰もが信じないだろう。しかも、その偉業を成し遂げたのが戦うための魔法を持たない聖女なのだから。

しかし、本来であればそんなあり得ない報告を聞いても、ここにいる者たちは誰も疑いを持たなかった。

ティア・パーソンならやりかねないという認識があったからだ。

「まさか、唐突にこのような偉業を報されることになるとはな……我々以外が聞いても誰も信じないだろう」

「でも、報せが届いたということは間違いなく事実よ。アイツはやると言ったことは必ずやり遂げるし、余計なことまでした時はわかった上で結果だけ報せてくるような奴《やつ》だわ。何も変わってないのよ、こういうお騒がせなところは！」

がん、と壁が悲鳴を上げそうな勢いでレイナは拳を叩《たた》き付《つ》ける。キャシーが恐ろしいと言わんばかりに身を竦ませて、デリルへと視線を向ける。

キャシーから訴えるような視線を受けて、デリルは仕方ないと言わんばかりに息を吐いてからレイナへと向き直る。

「それで、これからどうするのだ？　レイナ殿」

デリルに問いかけられたことで冷静さが戻ってきたのか、レイナはゆっくりと息を吐いた。それから目を閉じた後、暫《しば》し沈黙する。

「……キャシー、貴方《あなた》にはティアのところに向かってもらうわ」

「ええ？　辺境に行けってこと？」

「どの道、もう王太子は動き始めているわ。それならこの動きに合わせて、私たちも動かないと、アンジェリーナ王女に危険が迫るかもしれない」

「ティア殿にもな」

「アイツは殺しても死にはしないわよ！」

再び怒りが戻ってきてしまったのか、レイナが怒声を上げる。

「とにかく急いで。私は王太子たちの動きを探るわ。いつまでもティアにばかり構っていられないから」

「確かに、この報せで王太子側にも動揺が見られるはずだ。あちらは何も信じていないだろうが、それでも事実の確認はせざるを得ない」

「だからこそティアは王都に呼び出されるわ。それで禁域の攻略が真実であれば、彼等はティアに対して更に動く。そこで尻尾を摑《つか》んでみせるわ」

「とんでもないことをしてくれたと思ったけれど、これで逆にこっちは動きやすくなったから良かったんだわ」

「何も良くないわよ！　こっちだって多少の心構えが出来てるから先んじて動けるだけで、急な変更で現場に負担をかけることには変わりないのよ⁉」

「お、おぉ……ご、ごめんって」

「まったく、アンジェリーナ王女まで巻き込んで何やってるのよ、ティアめ……！　次に顔を出したらどういうつもりなのか問い詰めてやるんだから！」

＊　＊　＊

「――へっぷしゅっ！」

「わぁっ、汚いわねっ！　こっちにくしゃみを飛ばすんじゃないわよ、先生！」

「失礼しました。誰かに噂《うわさ》でもされましたかね」

すん、と鼻を鳴らして擦る。突然むず痒《がゆ》くなってしまったけれど、咄嗟《とっさ》にくしゃみを止めるというのも難しい。

危うくそれをそのまま受けそうだったエミーは勢いよく距離を取っていた。

「風邪ですか？　いや、先生が風邪なんてかかる訳ないか」

「そうですね、先生ですし」

そんな私たちの様子を見て、トルテとアンジェが苦笑している。

あとトルテ？　私だって体調を崩すことぐらいあるからね？　悟らせないようにしているから、そう思うのも仕方ないかもしれないけれど。

「まぁ、良《い》いでしょう。それにしても今日も今日とて見事に豊作ですね」

目の前に広がるのは、豊かに実った野菜畑。その出来映えに満足しながら頷《うなず》いていると、エミーが呆《あき》れたように言う。

「自分で言うのもなんだけど、何度見ても呆れる光景よね、これ……」

「これも修行です。聖女として相応《ふさわ》しい日課と言えましょう」

「全世界の聖女に謝ってきなさいよ！　こんなのが相応しい日課なんて言われたら皆が口を揃《そろ》えて否定すること間違いなしよ！」

「まぁまぁ、エミー。最早《もはや》、いつものことではありませんか」

「すっかり先生に毒されたわね、アンジェ」

「毒されたとは人聞きが悪いですね、エミー。私はただ悟りを開いただけです。ええ、時に諦めることが大事なのだと」

「それは悟ってるんじゃなくて、ただ諦めて思考を放棄しただけでしょうが！」

「そうだよね、アンジェ！　考えるのを止めたくなる気持ちはわかる！　わかるよ！」

視線をどこか遠くにやりながら言うアンジェに、エミーが虚空《こくう》に向かって裏手を放ちながらツッコミを入れている。そんなアンジェに同意するようにトルテが頷いている。

まだ出会って日が浅い三人だけど、とても仲が良くなって一安心している。人間関係にはどうしても相性というものがあるから、関係が良好であることは喜ばしい。

……ただ、何故かいつも私がおかしいという共通認識で仲良くなっているという点についてじっくり話し合いたいとは思っている。

「しかし、ここ最近は随分と平和になっちゃったわね。〝ドラドット大霊峰〟を攻略してから、なんだか空気が穏やかになったというか、澄み渡ったように感じるし。これも攻略の影響なのかしら？」

「どうでしょう？　正直、今でも信じられません。攻略が不可能とされていた、禁域ダンジョンの攻略に成功したということが」

感慨深そうにしみじみと言うエミーに同意するようにアンジェが続く。そんな二人に思わず笑みが浮かんだ。

「攻略する前は閉塞感ばかり感じるような話題が多かったですから。こうして開放感がある話が出来るようになって良かったですね」

「今でも信じられないですけど、私たちが本当に成し遂げたことなんですよねぇ……」

まだ実感がないというような調子でトルテが言った。自分たちが成し遂げたことの筈《はず》なのに、それでも実感がない彼女たちを見ていると、微笑《ほほえ》ましく思えてしまう。

エミーたちの言う通り、ドラドット大霊峰のダンジョンを浄化してからというもの、この近辺はすっかり平和になった。

強力なモンスターは姿を消し始め、空気も澄んだように思える。これが浄化の効果なのだとハッキリ目に見えるのも久しぶりだ。

「エミー、この周辺の世界の歪みは浄化されていると感じますか？」

「ええ、息が楽よ。ここに来たばかりの時とは雲泥《うんでい》の差《さ》があるわね」

エミーは魔族である故に、世界の歪みの気配に敏感だ。

魔族とは、人族が世界の歪みに適応することで多種多様な特性を得て人外の側面を持つようになった種族である。

エミーもまた、ヴィーヴルと呼ばれるドラゴンの特性を持っている。そんな彼女が世界の歪みが浄化されたと言うのであれば、ここ一帯は時間の経過と共に平和になるだろう。

まぁ、それもここで浄化を定期的に続けて、モンスターを間引きしていればという条件が付いてしまうのだけど。でも、これからのことはゆっくり考えて行けばいい。

「そろそろ休憩もここまでにしましょう。収穫を終えたら村にまで運ばないといけませんからね」

「はいはい、やりますよ」

「わかりました、先生」

「ナンナさん、またおやつを出してくれるかなぁ？」

今はまだ、彼女たちにこの平和な日常を謳歌《おうか》させてあげたい。

きっと、こんな穏やかに過ごせる時間は今だけだから。

＊＊＊

「ナンナさん、丁度良いところに。野菜を持ってきたので受け取ってもらえますか？」

「あら、ティアちゃん。それに皆も下りてきたのね。いつも野菜、ありがとうね」

皆で収穫を終えた後、私たちは籠一杯に背負った野菜と共に村へとやってきた。

　そこで運良くナンナさんと出会えた。村の食事は彼女が作っているから、彼女に預けてしまうのが手っ取り早いのだ。

「今回の野菜も良い出来ね。いつもティアちゃんたちから美味《おい》しいものを頂いているから元気に過ごせていられるわ。本当にありがとうね」

「こちらこそ、美味しく食べてくれて感謝しています」

「ふふっ。それに最近はこの周辺も落ち着いてきて、それで気分も良いわ。これもティアちゃんたちのお陰ね」

「ナンナさんもそう感じますか？」

「ええ、ちょっとの間なら村から外に出ても問題ないぐらいよ」

「それは良かったです。ですが、モンスターが完全にいなくなった訳ではないので、どうか気をつけてください」

「わかっているわ、ありがとう。そう気軽に結界の外に出ないから安心して」

　嫋《たお》やかに微笑んだまま、ナンナさんはそう言った。彼女と話していると、心が解きほぐされる。彼女が安心して暮らせるというのなら、頑張った甲斐《かい》もあるというものだ。

「今日はこのまま村に泊まったら？　折角だからご馳走《ちそう》するわよ？」

「……そうですね、休憩を挟むのも大事なことです。皆が了承したら喜んで」

「はーい、先生！　ナンナさんのご飯が食べたいです！」

「先生ー！　たまには頑張る教え子たちを優しく労《ねぎら》うことも大事だと思います！」

真っ先にトルテとエミーが手を上げて、了承の意を示す。

そんな二人を見たアンジェが肩を竦《すく》めているけれど、私の方を見るとウィンクをした。

どうやら彼女も断る気はなさそうだ。

「あぁ、そうだ。ティアちゃん、ドウェインさんが自分のところに顔を出すようにって言ってたわよ」

「ドウェインさんが？　わかりました。この後、行ってみます」

私たちの武器を手がけてくれる凄腕《すごうで》の職人がドウェインさんだ。私のことを気に入って辺境の地まできてくれて、私としても頭が上がらない。

教え子たちにとっても良き大人として振る舞ってくれているので、私では行き届かない部分で彼女たちを支えてくれるかけがえのない人だ。

「ドウェインさんの呼び出しって何かしらね？」

「先生の剣についてでは？」

「そうかもね！　ドラドット大霊峰のダンジョン・コアが手に入ったし！　もう完成したのかな？」

　ドウェインさんの工房へと向かう道すがら、エミーが疑問を零《こぼ》すと、すぐにアンジェが返事をした。そこに合点《がてん》がいったようにトルテが両手を叩《たた》いた。

　自分のことでもないのに、どうして盛り上がっているのか。もちろん、喜んでくれるのはありがたいけれども。

　そんなことを思っているとは悟られないように、内心を面に出さずに話に加わる。

「それは行けばわかるでしょう」

「何か平然としちゃってるわね、先生。楽しみじゃないの？」

「勿論《もちろん》、楽しみですよ。ただ、期待しすぎて別の話だった時のことを考えると浮かれていられないだけです」

「……つまんない反応」

「からかおうとしてもすぐにやり返されるだけですよ、エミー」

「アンジェ、うるさい！」

「二人とも、喧嘩《けんか》しないでくださいよ……」

　じゃれ合いを始めるエミーとアンジェ、その間に挟まれる格好となったトルテが迷惑そうにしている。そんな様を微笑ましく思っていると、いつの間にかドウェインさんの工房が近づいてきた。

まずは私が挨拶をしようと、彼の工房の扉をノックする。

「ドウェインさん、ティアです。今、大丈夫ですか？」

「来たか、入ってこい」

「失礼致します。……おや？」

「おっ、来たねェ。そろそろ来る頃だと思っていたよォ、ヒッヒッヒッ！」

工房には主人であるドウェインさんの他にもう一人、陽気だが怪しげなお婆《ばあ》さんが待ち受けていた。

彼女はモーリルさん。アーティファクトの研究家で、私たちの武器の製作にも携わってくれている。態度こそ怪しいけれど、とても頼りになる方だ。

彼女の存在に気付くと、エミーがとても嫌そうに顔を顰《しか》めた。

「げっ、モーリル婆さんまでいたの？」

「おや、なんだイ？　私がいると都合が悪いのかイ？」

「別にそういう訳じゃないけど……」

「これでも遠い親族なのにねェ。老いた婆さんなんて若者には鬱陶しいだけかい？」

「うるさいわね！　誰もそんなこと言ってないでしょ！」

「思ってはいそうだねェ？　ヒッヒッヒッ！」

「エミー……わざわざ付き合うからモーリル婆さんはからかってくるんだよ。無視した方がいい時だってあるよ」

「可愛《かわい》い顔して言うじゃないかァ、トルテ！　心が図太くなっても身体《からだ》は大きくならないままだねぇ！　ちゃんとご飯は食べてるのかい？」

「むきーっ！　言ってはならないことをよくもー！」

「トルテ、手を出してはダメです。あと、自分の言ってることを即座に撤回することになってしまいますよ」

「離して、アンジェ！　この人、許せない！　私だって、私だって好きでこんな小さい訳じゃなーいっ！」

「あぁもう、落ち着きなさいトルテ。ほら、どうどう」

興奮して暴れ出すトルテを即座に押さえ込むアンジェとエミー。そんな様を見てケタケタと笑っているモーリルさん。

そんな騒がしい彼女たちに、ドウェインさんは眉を上げた。

「おい。騒がしくするだけなら出て行け、婆さん」

「おぉっと、こいつは失礼！　ヒッヒッヒッ！　この子たちはついついからかいたくなっちゃうんだよねェ」

モーリルさんも人が悪い。人をからかうことが好きなのだろうし、親族であるエミーにはその悪癖が遺憾なく発揮されるみたいだ。

そんなモーリルさんを掣肘《せいちゅう》したドウェインさんは深々と溜息《ためいき》を吐き出してから、私へと視線を移した。

「モーリルの婆さんが邪魔してくれたが……よく来てくれたな、ティア。来て早速だが、お前に見てもらいたいものがある」

そう言ってドウェインさんが取り出したのは、一本の剣だった。私にとっては見慣れたデザインのものだ。違う点は、柄に塡《は》め込まれた宝玉が以前のものとは違うことだ。

「ドラドット大霊峰のダンジョン・コアを使った、お前のための剣だ」

「これが、ですか」

「見た目は前の剣とそう変わりないわね」

興味を惹《ひ》かれたのか、教え子たちも次々と覗《のぞ》き込んでいく。ドウェインさんが鬱陶しそうに鼻を鳴らした後、剣を私に向けて差し出した。

「ティア、手に取って確かめてくれ」

「わかりました」

促されるまま、私は剣を手に取った。

何度か握りを確かめた後、皆から距離を取って構える。いつものように振り抜いた感覚は慣れ親しんだものだ。流石《さすが》はドウェインさんが作り出した剣。

けれど、私の表情はきっと晴れやかなものではなかっただろう。手に取って確認したことで、その事実を強く認識してしまったから。

「……どうだ？」

ドウェインさんが問いかけてくる。けれど、彼は私の答えがわかっているんだろう。

だから彼の表情も晴れやかなものではなかった。ならば偽ることはないと、静かに首を左右に振る。ドウェインさんは長い溜息を吐き出した後、そっと目を伏せた。

「やはり、ダメか」

「えっ、ダメ？」

「先生？」

エミーとトルテが驚きのまま、私に戸惑いの視線を向けた。声には出さなかったものの、アンジェも訝《いぶか》しげな表情で私を見ている。

私は構えを解いて、剣へと視線を落とす。どうしても残念だ、という思いが湧き上がるのが抑えられないけれど、私以上にドウェインさんが無念なことだろう。

「前の剣よりも間違いなく良《い》い剣です。ですが、私の全力には耐えられないでしょう」

「わかるの？」

「えぇ。もうドウェインさんの剣には大変お世話になってますので」

「でも、ドウェインさんとモーリル婆さんが言ってたんですよね？　禁域のダンジョン・コアさえあれば出来るって……？」

トルテが戸惑いながらドウェインさんを見る。しかし、ドウェインさんは力なく首を左右に振った。

「ダンジョン・コアの質には一切問題はないさ。恐らくティアが全力を込めても消滅するようなことはなくなるだろう」

「普通みたいに言われてるけれど、ダンジョン・コアが消滅するって何なの……？」

「耐えられないのだから仕方ないではないですか」

「そもそも先生の力に耐えられないことがおかしいと思いなさいよ！」

堪えかねた様子でエミーが叫んだけれども、そんなことを言われても耐えられないものは耐えられないのだからどうしようもない。

「そんなにいきり立つんじゃないよ、エミー。ティアがおかしいのは今に始まったことじゃないだろう？」

「それは！　……まぁ、そうね」

「そこで納得されるのも不服ですが？」

「ティアは黙っておきなァ。で、話を戻すけれど、問題なのは剣本体の部分だねェ」

モーリルさんはケタケタと笑いながらそう言った。するとドウェインさんが眉を寄せて腕を組んだ。

自然と皆の視線が二人へと集まり、説明を求めるような空気が生まれ出す。当然察していたのか、モーリルさんが説明を始める。

「まずティアの剣も含めて、アンタたちに渡した武器はアーティファクトだ。アーティファクトは核となるダンジョン・コアと、用途に見合った器を用意しなきゃならない。で、この二人がダメだって言ってるのは核であるダンジョン・コアではなく、器である剣だ。今の剣に使った素材じゃ、ティアの力の触媒として物足りないのさァ」

「ドウェインさん程の腕前があってもダメなのですか？」

「そりゃ、この爺《じじい》がどれだけ腕が良くても素材が悪くちゃどうにもならんさねェ。腕以前の問題さァ」

「素材？」

聞き返すエミーに対して、答えたのは組んでいた腕を解いて、手を腰に当てたドウェインさんだった。

「あぁ、ドラドット大霊峰は豊富な資源が採取出来るダンジョンだったが、鍛治に適していたかと問われれば違う。実際、必要になった素材はティアに購入を頼んでいたんだ」

「それって、つまり希少で価値が高い素材が必要だってことでしょ？　とんでもなくお金がかかるんじゃ……」

「そうですね。幸い、売る素材には困りませんでしたが」

「あぁ、そう……」

エミーが遠い目となり、諦めたように口を閉ざした。

そんな呆《あき》れられても。ここで過ごしていると素材が幾らでも余る。腐らせておくよりはお金に換えた方が有益というものだろう。

「しかし、ドウェインさんが求める水準の素材となるとそう簡単に手に入れられる訳ではありませんので……」

「現状では、これが最高の出来だろう。つまりは手詰まりって訳だな。これ以上のものを望むとしたら、各地のダンジョンで採掘出来る最高の素材を集めるしかないだろうさ」

「全国各地から……」

「それは、凄《すご》い話ですね……」

「そこまでしないと先生の力に耐えられる剣が出来ない訳ですか……」

「そりゃそうさ、ティアなんて本気を出す度にダンジョン一つを引き換えにしているようなもんだからねェ。一体、どれだけ極めればそんなバカげたことが出来るのか、本当におかしな子だよォ！」

「最近、皆からおかしな人と言われるんですよね。どうにかなりませんか？」

「アンタが普通なんだとしたら、もうこの世界はとっくに救われちまってるよォ！」

「確かに」

「異論はありませんね」

「何も否定出来ません」

「貴方《あなた》たち……」

そこは先生を思って、反論を述べるのが教え子として正しい姿だと思うのだけど？

ジト目で見つめるけれど、全員揃《そろ》って私の視線から逃れるようにそっぽを向いた。やはり話し合いの場を設ける必要があるのでは？　私たちの良好な関係のためにも。

そんなことを思っていると、ドウェインさんが深々と溜息を吐いた。

「まぁ、あれだ。これこそティアが国から認められそうにない理由の一つだな」

「ダンジョンの脅威がなくなるのに比例して獲得出来る素材の質も落ちていくんだから、それで利益を得ている奴《やつ》にとっては望ましくないだろうねェ」

「……一つ聞きたいんだけど、ダンジョンってそんなに利益になるようなものなの？」

エミーがいまいち理解出来ないというような表情を浮かべて問いかける。するとモーリルさんは肩を竦《すく》めてみせた。

「そうだねェ、魔国で育ったエミーには馴染《なじ》みがない話かもしれないねェ」

「そうなんですか？」

トルテが不思議そうに首を傾《かし》げると、モーリルさんはトルテへと視線を向けて問いを投げかけた。

「トルテ、お前さんは人族と魔族はどっちが優れていると思う？」

「え？　どっちって……急になんです？」

「単純な身体能力や得意な魔法の適性を比べると、人族よりも魔族の方が優れていると言われるのが一般的さァ。魔族には色々と制限があったりもするけれど、能力の高さで評価するなら魔族に軍配が上がるだろうねェ」

「それがダンジョンとどう関係しているんですか？」

「まぁ、順番に説明するよォ。聖国と魔国は過去、戦争をしていたこともある。エミー、自分よりも優れた能力を持つ相手に対して勝つにはどうすればいいと思う？」

「どうするって……数を揃えるとか？」

「それも手段の一つだね。でも、この話題での正解ではないねェ」

「……種族の能力差を埋める道具を用意する、で合ってますか？」

アンジェがモーリルさんに問いかけると、彼女は不敵な笑みを浮かべた。

「お姫さん、正解さァ。人族の強みは幅広く利用出来るアーティファクトを作れるという点だと言っても過言じゃない」

「魔族も優れたアーティファクトを生み出していると聞いていますが……」

「そりゃ戦争をしなくなって、互いに歩み寄ろうという風潮になったからさァ。まだ戦争をしていた頃は人族は数の多さとアーティファクトで、魔族は己の特性を鍛え上げて殺し合っていたのさ。そうして伝統や技術が積み重ねられていったんだねェ」

モーリルさんが淡々と語る話の内容に、エミーたちは絶句していた。

私もこの人が何歳なのかは知らないけれど、まるで見てきたかのように語る彼女の迫力に呑《の》まれてしまいそうだ。

「戦争が終わった後、魔族は人族に歩み寄った。それでアーティファクトの技術も魔国に流入したが、ごく一部の間でしか賑《にぎ》わっていないさ。魔族は優れたアーティファクトを作れるって話も、その一部だけが目立ってるだけだねェ」

「私も魔国に居た頃は、アーティファクトの話なんてあまり聞いたことないわね……」

「アーティファクト作りに熱中してるなんて、魔国では変わり者扱いだからねェ。今でも魔族は己の肉体と特性を鍛え上げることを美徳としていることは変わらないのさァ」

「成る程……」

「あとは魔族が作るアーティファクトが優秀だって話は、自分の特性にさえ合えば魔族は人族よりも優れた結果を出しやすい下地が揃ってるからさ。聖国に比べればダンジョンが多く、素材の質が良いものが多いからね」

「そういう理由でしたか、納得しました。……だから聖国もダンジョンを資源として利用したいという話に繋《つな》がるのですか」

アンジェが納得したように頷《うなず》くと、モーリルさんも同じように頷いた。

「魔族にとってダンジョンというのは当たり前にある環境の一部だからねェ。まぁ、多くの魔族がダンジョンをどう利用するかなんて考えてないけどね。何せ、我が身の力を誇るのが一般的だからねェ」

「でも、人族は違います。だから脅威に抗《あらが》うために道具、つまりアーティファクトを作り出す技術を洗練させる道を選んだのですね」

「あぁ、そうさァ。魔族にはない利点として聖女の存在もあるが、聖女の力は守るためのものであって戦うためのものじゃない」

「それは、そうですねぇ……」

「トルテ、何故《なぜ》私を見てそんなに歯切れの悪い呟《つぶや》きを？」

「いえ、別に何でも……例外はどこにでもいるものだなぁ、って……」

「私の目を見てもう一度言ってみましょうか？　トルテ？」

トルテは私から視線を逸《そ》らし、決して目を合わせようとしなかった。

まったく先生に対して酷《ひど》い教え子だ。このことはちゃんと覚えておくことにしよう。

「しかし、やはりダンジョンの資源を利用しようとするのは危険だと思います。ダンジョンがいつ氾濫を起こすかわかりませんし、それは人に予測しきれるものではありません」

「正論だねェ、アンジェ。でも、危険であっても手放せないものもあるのさ」

「……それでも、私は人の命には代えられないと思っています」

「それは正しい。でもねェ、人の命を数で数えなきゃいけない立場だってあるんだよォ？

むしろ、それが王族の仕事だろうに」

「っ、それは……！」

「誰かが厳しい役回りを担《にな》ってくれるから回る世の中もあるもんさ。そうだろう？　私はこの国にとっては余所者《よそもの》だし、政《まつりごと》にとやかく言うつもりも、資格もないがね。ただ言わせてもらうなら、ティアに憧れるのは勝手だけど、この子が絶対に正しいみたいに思うのは止めておくんだね。じゃないと道を踏み外しかねないからねェ」

「……それは否定しませんが」

「あっ、否定しないんだ？」

思わず、といった様子でエミーがアンジェにツッコむと、アンジェは溜息《ためいき》を吐《つ》いた。

「自分が進んでいる道がどれだけ厳しいものなのかは自覚してますから。同じ道を進もうとしても簡単でないことはエミーだってもうわかっているでしょう？」

「……それは、まぁ」

「ティアほど自覚があって、慎重にかつ大胆にその道を進めるのは稀《まれ》ってことだねェ。だからアンタたちが気を遣ってやりな。ティアは抜けてるところがあるからねェ」

「どうしてそうなるんですか？　私はそんなに言われる程に抜けているとは思っていませんけれど……」

私は十分しっかりしているつもりだけど。

しかし、それと裏腹に教え子たちの反応は無情なものだった。

「まぁ、それはそうですね」

「先生に比べれば、私たちはまだ常識側だし」

「そうだね！」

どうしてこんな反応なのか。親しみがあることは良《い》いことだけど、もっと敬意とか感じさせてくれてもいいのでは？

そんな思いから三人をジト目で見るけれど、彼女たちから反応はなかった。むしろ話題を変えようとするかのようにエミーが口を開く。

「でも、残念ね。これで先生が思う存分本気で戦えるのかと期待してたんだけど」

「私は常に本気ですが」

「そういう意味じゃないって流石《さすが》にわかってるでしょ？　わかってるわよね？」

さて、それはどうでしょうね？　エミーの言葉を受け流していると、ドウェインさんが深々と溜息を吐いて、疲れたように壁に背中を預けた。

「まったく……鍛冶師としてプライドを傷つけられるぜ。目指す高みがあることはいいことだがな」

「ええ、ドウェインさんには頑張っていただきたいです」

「やはり聖剣がないと先生が全力を出すのは難しいのですか？」

「聖剣がないと私に可能な最大出力まで上げられませんから。なので、《聖霊剣《セイバー》》が使えないのです。まぁ、それだけと言えばそれだけですが。使えないのなら使えないなりに方法は用意してあります」

「……本当、この人怖いわ」

何故なのか。

すると、すかさずモーリルさんが不敵かつ陽気に笑い始めた。

「ヒッヒッヒッ、他人事《ひとごと》みたいに言ってるけどねェ、エミー。ティアを超えたいって言うならアンタだって同じぐらいのことが出来なきゃ話にならないだろう？」

「私は先生みたいなとんでもではないし、そもそも先生みたいな武器がある訳じゃないでしょう……」

エミーが溜息交じりにそう言うと、モーリルさんがスッと目を細めた。

「いいや。エミー、アンタにはあるよ」

「えっ……？」

「ヴィーヴルが何故、魔国で皇族として認められたのか？　魔族最強の名は伊達《だて》ではないんだよォ、その力を極めれば可能性はあるさ」

「ッ、それって本当に⁉」

モーリルさんの言葉にエミーは息を呑《の》んだ後、身を乗り出す勢いで彼女に詰め寄る。

「まぁ、簡単な話じゃないけどねェ。エミー、お前さんは魔族の歴史において前例がない存在だ。お前さんがどんな可能性を持っているのか、それを知ってる奴はいないんだよ」

「前例がない……確かに聖女として生まれた魔族なんて聞いたことないけど……」

「そもそもの話、世界の歪《ゆが》みに適応している魔族から生まれる聖女というのは一体どういう存在なのか、という話さ。ヴィーヴルの特性を考えれば絶対に生まれないという訳ではなかったけれど、実際に聖女として生まれたヴィーヴルはエミーが世界初さァ」

モーリルさんの話に、私は思わず成る程と頷いてしまった。

魔族は世界の歪みの影響を受けて変質した存在だ。そんな魔族が聖女として生まれるということは、あり得ない訳ではないけれど可能性としては限りなく低い。

そんな稀少《きしょう》な条件の下で生まれたエミーがどれ程の可能性を秘めているのか、それは誰にもわからないのだ。

「……えっと、つまりエミーは凄《すご》く稀少な存在だってことですか？」

「あぁ、そうさァ。だからエミーがどんな存在になるのか、私にだってわからんよ。だから可能性があるとしか言えないねェ」

「でも、先生みたいになれる可能性はあるんでしょ？」

「それはティアがいる以上は、ねェ？」

「私はあくまで人族ですからね。それを考えればエミーが私以上の素質を秘めている可能性は大いにあるでしょう」

「先生……！」

「まぁ、可能性でしかないかもしれないけどねェ！」

「上げるのか下げるのかどっちかにしてよ！」

モーリルさんに振り回されたエミーは深々と溜息を吐きながら言う。それを気にした様子もなく、モーリルさんはエミーの背中を叩《たた》いた。

「いちいち人の言葉に振り回されてるのは未熟な証拠だよ！　若い若い！」

「うるっさいわね！　痛いのよ、このババァ！」

「ヒッヒッヒッ！　せいぜい悩むこった、若者の特権さねェ！」

「モーリルさんから見れば、だいたいの人が若者になるのでは？」

「アンタはアンタで余計な口を叩くんじゃないよォ、ティア！　そんなんだから抜けてるって言われるんだよ！」

解《げ》せぬ。そんな顔をしていると何故か皆に笑われてしまう私なのであった。

第一章　修行

いつも修練に使っている教会の中庭。そこで拳を構えたエミーと木剣を構えたアンジェが対峙《たいじ》していた。

互いの呼吸を読み合う沈黙の時間の後、先に動いたのはエミーだ。彼女は勢いよく踏み込んで加速をして、アンジェの懐《ふところ》に入り込もうとする。

そうはさせまいとアンジェもまた剣を振るう。エミーは接近を止めて、アンジェの剣を回避する。それだけで終わらず、すぐに食らい付くように迫り行く。

距離を詰めたいエミーと距離を取りたいアンジェ、攻防は激しさを増していき、二人の顔に汗が伝っていく。

激しい応酬の末に競《せ》り勝《か》ったのはエミーだ。鋭く放った拳がアンジェの木剣を打ち上げて、隙が生まれる。エミーはその隙を逃さぬように渾身《こんしん》の一撃を腹部へと繰り出す。

「取ったッ！」

勝ちを確信したようにエミーが吼《ほ》える。しかし、その表情はすぐに驚愕《きょうがく》へと変わる。

アンジェがエミーの一撃を受けて後ろに吹っ飛びながらも、膝を突くだけでまだ動けそうだったからだ。

よく見ればアンジェの腹部には《結界《バリア》》が張られており、ダメージを軽減したのはすぐにわかった。更には《祝福《ブレス》》の光がアンジェから浮かび上がり、回復する。

「今のは効きましたよ、エミー」

「チッ……！　聖女を相手にするとやっぱり厄介ね！」

「貴方《あなた》もその聖女ですけど？」

アンジェが悔しがるエミーをからかいながら木剣を構える。

《祝福《ブレス》》による治癒が使えるのなら、意識さえ刈り取られなければ自分で怪我《けが》を治癒して起き上がれる。それに《結界《バリア》》さえ間に合えば致命傷を避けられるし、純粋な身体能力の向上は他の属性にはない利点だ。直接的な攻撃魔法を持たない聖女でも戦える。エミーが厄介だと言った理由はそこにあるだろう。

それに二人の純粋な実力も順調に上がっている。もう並の騎士や冒険者では相手にならない程だろう。本当に誇らしい教え子たちだ。

「はぁっ！」

そんなことを思っている間にも、再びエミーがアンジェに向かっていく。

やはりエミーの方がやや上の実力なのか、アンジェが攻め込まれることが多い。これは二人の戦い方の違いもあると思うけれど。

アンジェは《結界《バリア》》を多用するので受けに回ることが多い。《結界《バリア》》の扱いが巧みなのも、それだけ意識して《結界《バリア》》を使っているからだろう。彼女の《結界《バリア》》の応用力には目を見張るものがある。

「うわっ⁉　なに⁉」

「引っかかりましたね！」

ふと、いきなりアンジェに向かっていたエミーが体勢を崩した。よく見れば彼女の足下に、アンジェが展開した《結界《バリア》》が伏せられていたのだ。

あの体勢では防御も回避も難しい筈《はず》だ。見事な技術に感心してしまう。この隙を逃さぬようにアンジェは攻めに転じようとする。けれど、エミーだって負けていない。

「こ……んのォッ！」

姿勢を崩して片膝を突いていたエミーは、驚いたことに腕の力だけで逆立ちとなる。その勢いのままアンジェの一撃を回避する。

逆立ちの姿勢になったエミーは、そのまま驚きの表情を浮かべたアンジェに回し蹴りを叩き込んだ！

「くっ、なんてデタラメな……！」

「こっちだって必死なのよ……！」

「皆《みんな》ー！　そろそろ朝ご飯の時間だよー！」

「おや、トルテ。もうそんな時間ですか」

聞こえてきたのはトルテの声。彼女は建物の中から中庭に向かって私たちに呼びかけている。ふと、朝食の良い香りが鼻を擽《くすぐ》った。ここが切り上げ時かと思ってエミーとアンジェを見ると、彼女たちは立ち合いを止めて肩で息をしていた。

「はぁ……はぁ……もう、お腹《なか》ペコペコ、丁度良かったわ」

「ええ……そうですね……決着はまた次の機会にということで」

「そうね、そうしましょう」

「お疲れ様です、二人とも。はい、タオルです」

「ありがと」

「ありがとうございます、先生」

エミーは素っ気なく、アンジェは丁重にお礼を言いながら私からタオルを受け取る。

そうして汗を拭った後、三人で食堂へと移動する。トルテが準備を終えていたのだろう、美味《おい》しそうな朝食が私たちを待ち構えていた。

「あー、もうお腹空いた！　今日の糧《かて》に感謝を！」

「エミー、ちゃんと食前の礼をしてから……あぁ、もう食べてるし……」

「困った人ですね……」

雑に一礼をした後、がっつき始めたエミー。そんなエミーを制止しようとして呆《あき》れ果《は》てているトルテと、ジト目で溜息《ためいき》を吐《つ》くアンジェ。

私も溜息を吐きつつ、エミーの背後に回って手刀を頭に叩き込んでおく。頭部を強打されたエミーはその衝撃で喉を詰まらせたのか、どんどんと胸を叩いている。そのまま慌てでスープの皿を摑《つか》み、一気に流し込む。

「……ぷはっ！　ちょっと！　いきなりは酷《ひど》いでしょう、先生！」

「行儀の悪いことをしないように」

「うっ……わ、悪かったわよ……」

「さぁ、二人も食べましょう」

アンジェとトルテに声をかけつつ、私たちも席に着いた。

食前の礼を捧《ささ》げた後、まずはスープに口をつける。豊かな味わいが口の中に広がって、思わず頬が綻ぶ。

「料理の腕では、もうトルテに敵《かな》いそうにありません」

「えへへ！　それ程でも！」

「こんなに美味しいなんて、《祝福《ブレス》》の価値も計り知れませんね」

「最初は料理に《祝福《ブレス》》するなんて、トルテも先生みたいなことをするようになったと思ったけど」

「た、試してみたら出来ちゃっただけだもん！」

「とても良《い》い発想ですよ。私も作物を育てるのに《祝福《ブレス》》を活用していましたが、調理の工程にも《祝福《ブレス》》を応用することまでは思いつきませんでした」

最近、トルテは料理に《祝福《ブレス》》をかけるという手法を編み出した。

《祝福《ブレス》》で付与された効果は疲労回復。稽古で疲れ果てることが多かった時、何気なしに試してみたら、実際に効果が出たことで発見された。

改めて言われれば、理論上は可能だ。とはいえ、料理に《祝福《ブレス》》をかけるだなんて流石《さすが》の私ですら驚いた。作物を育てるのに《祝福《ブレス》》をかけられるのだから、料理にだって適用することは出来ると言われると、納得は出来るのだけれど。

「まぁ、先生が試した時は酷い目にあったけれどね」

「あれは力加減を間違えただけです」

「あんな一口で鼻血が出るような劇物を作っておいてよく言えたものね！」

「あの日はもう食欲が湧きませんでしたからね……」

エミーとアンジェの指摘に肩身が狭い思いをしてしまう。

トルテが発見した方法を私も試してみたけど、効果が出すぎてたった一口で鼻血が出てしまうという劇物が生成されたのだ。

料理に対して《祝福《ブレス》》をかける際、強力すぎると逆に身体《からだ》への害になってしまうことがわかったのは良かったけれども。

これが私たちが聖女の力で育てている作物だったから相乗効果として起きてしまったのか、或《ある》いは通常の作物でも同じ結果になるのか気になるところではある。

最近ではトルテが修行と研究も兼ねて料理を担当してくれるようになったので、その分だけエミーとアンジェの稽古に付き合う時間が増えた。

そのお陰もあってか、二人の実力が上がっている。そう思うのだけれど……。

「……はぁ、アンジェもトルテも凄《すご》いわよね」

ぽつりと、勢いよく食事をかき込んでいたエミーが一息を吐くのと同時にそう零《こぼ》した。

そんな彼女にアンジェは訝《いぶか》しげな表情を浮かべた。トルテも心配になったのか、不安げな眼差《まなざ》しをエミーに向けている。

「急にどうしたんですか、エミー」

「アンジェは《結界《バリア》》の応用が上手《うま》くなっているし、トルテも《祝福《ブレス》》の新しい活用方法を見つけたでしょ？　それに比べて私は……」

エミーが沈んだ声でそう言った。最近、エミーは思い悩むような表情をしていることが増えていたのだけれど、自分が成長していないとでも思っているのだろうか。

「そうは言いますけれど、エミーは私たちの中で一番強いじゃないですか。私だって鍛えているのに……」

「アンジェはともかく、私なんてもう相手にならないしね」

「エミーは日々強くなっていますよ。何も進歩してないなんてことはありません」

「でも、聖女としては成長してないでしょう？　このままでいいのかなって思っちゃったのよ……モーリル婆《ばあ》さんからあんなこと聞いたらね」

「……ふむ。もしかしてエミーが悩んでいるのは、ヴィーヴルの力についてですか？」

私の指摘に対して、エミーは眉を寄せた。それから無言で頷《うなず》く。

「あんな話を聞いたら、嫌でも考えさせられるわよ。どうしたらヴィーヴルとしての力に目覚められるのか、それがわからないから……」

「モーリルさんがエミーは前例のない存在だと言っていましたからね」

前例がないということは、自分で道を模索していかなければならないということだ。

それは灯《あか》りのない闇の中を進むような心境になってもおかしくない。改めて彼女の不安に触れると、もっと気遣ってあげなければならなかったと反省の念が浮かんでくる。

すると、アンジェが首を傾《かし》げてから口を開いた。

「実際、ヴィーヴルの強みというのは何なのでしょうか？　最強と言われているのですから、何か目立った特徴があると思うのですが……」

「エミーはその点、他のヴィーヴルがどうなのか知らないの？」

「そうね……まず、皆だいたい腕っ節が強かったわね」

「身体能力の高さは確かにエミーにも通じる部分ですね」

「……あとは魔法も上手いってぐらい？」

「それは魔族全体の特徴では？」

「どうなのかしら？　武闘大会とか開かれると、やっぱりヴィーヴルが勝ち上がることが多かったとは思うけど」

「武闘大会なんて開かれてるんですね」

「しょっちゅう開かれてるわよ。宴会の余興で突然殴り合いが始まることだってあるし」

「怖……」

思わずといった様子でトルテが呟《つぶや》くと、エミーは苦笑してしまった。

種族が違えば文化もまた異なるもの。落ち着いた性格であるトルテにとって魔族の文化は刺激的すぎるのかもしれない。

「ヴィーヴルがドラゴンの特性を引き継いでいるという点を考えると、やはり種としての能力の高さが最強と呼ばれる理由なのかもしれませんね」

「じゃあ、ヴィーヴルで聖女であるエミーはどうすればいいのかな？」

「そのまま考えれば聖属性の魔法が得意になる、ということになるんですが……」

「聖女っぽい魔法ならアンジェやトルテの方が上手じゃない……」

エミーは唇を尖《とが》らせて、拗《す》ねたように言う。その反応に思わず苦笑してしまった。

「確かにエミーは《浄化《ピュアリファイ》》が一番見込みがあって、《結界《バリア》》や《祝福《ブレス》》には課題が残されています。しかし、それでも聖女の中では平均以上に上手いですよ」

「……本当に？」

「本当ですよ。恐らくエミーはアンジェとトルテと比べるから自分が劣っていると感じるのかもしれませんが、二人はそれぞれの分野で才能があります。得意な分野だけで比べるなら、私が追い抜かれているものもあるでしょう」

「先生にそう言ってもらえて恐縮です」

「えへへ……」

私が褒めると、アンジェは丁寧に一礼をして、トルテは気恥ずかしそうに首を掻《か》いている。この二人の才能は、私でも少し嫉妬するぐらいですからね。

勿論《もちろん》、それはエミーの《浄化《ピュアリファイ》》についても同じ。この子たちは私から見て原石の塊そのものだ。

「ですから、別にエミーに才能がないという訳ではありません」

「でも、これ以上自分でどうすればいいのかわからなくなってきてて……」

「《浄化《ピュアリファイ》》はあまり応用が利《き》かないですからね……その分、一番才能に左右されてしまう魔法でしょうね」

《浄化《ピュアリファイ》》は聖女の役割を果たす上で欠かせない、一番重要な才能だと言っても過言ではない。《結界《バリア》》や《祝福《ブレス》》は修行で精度や効率を上げることが可能だけれど、《浄化《ピュアリファイ》》の出力は簡単に上げることは出来ない。

「《浄化《ピュアリファイ》》は聖女の力の根幹と言えます。聖女に限らず、魔法の放出力はそう簡単に鍛えられる部分ではありませんから、間違いなくエミーの持つ強みだと言えます」

「でも、《浄化《ピュアリファイ》》を鍛えても応用は難しいんでしょ？」

「難しいですね。ですが、応用法がない訳ではありません。魔力を浄化すれば身体強化の効率も上がりますし、他の技も存在します」

「そうですね……後で実践してみましょうか。まずは、朝食を食べてしまいましょう」

私がそう促すと、気にしつつも食事を再開するエミー。それを見てアンジェとトルテも食事を再開した。

さて、思い悩むエミーのために私も頑張らないと。

＊＊＊

朝食を食べ終わり、日課の畑作業などを済ませてから私たちは中庭に集まっていた。

「《浄化《ピュアリファイ》》の応用ですが、まず前提として《浄化《ピュアリファイ》》で清められた魔力は聖女にとって最も扱いやすい魔力です。この状態の魔力を利用することで身体強化の効果が上がるなどの恩恵を得られます。ここまではいいですね？」

私が確認すると、三人は頷く。中でもエミーの表情は鬼気迫る程に真剣そのものだ。

「次に、私が多用している《浄化《ピュアリファイ》》の応用方法を説明します。アンジェ、協力していただけますか？」

「はい、先生」

「では、いつものように《結界《バリア》》を展開してくれますか」

「他の技というと？」

「？　ええ、わかりました」

私に言われるまま、アンジェは《結界《バリア》》を展開してくれた。素晴らしい展開速度だ。手で触れてみれば結界の強度もわかる。こちらも実に見事だ。

「ここに《結界《バリア》》があるのは確認しましたね。それでは……」

私はアンジェが展開した《結界《バリア》》に触れたまま、意識を集中させて彼女の《結界《バリア》》に干渉していく。

そして、私の手がアンジェの《結界《バリア》》をすり抜けて、中へと入っていった。それを見てアンジェが表情を驚きのものへと変えた。

「《結界《バリア》》を……すり抜けた⁉」

「先生、これは一体……？」

「あぁ、これって先生が王都の結界を壊さないで侵入した……」

「待って、アンタたち、そんなことしてたの⁉」

エミーはただひたすらに驚き、アンジェは私が起こした現象が一体何なのか理解しようと難しげな表情になっている。

トルテだけは私が王都の結界をすり抜けた場面を知っているから、どことなく遠い目線になっている。何故《なぜ》そんな視線になってしまうのかはわからないけれど。

「いいですか？《浄化《ピュアリファイ》》は世界の歪《ゆが》みを浄化し、正常な状態に戻す魔法です。しかし、これは別に世界の歪みに限った話ではなく、魔法そのものに使うことも可能なのです」

「じゃあ、《浄化《ピュアリファイ》》で相手の魔法を打ち消したり出来るってこと？」

「はい。魔力を浄化することによって、対象の魔法に干渉する。これが《浄化《ピュアリファイ》》の応用なのです」

ちなみに結界をすり抜けたのは、同種の魔法により重ね合わせられるからだ。

王都などで利用されている結界は、アーティファクトを起点に複数の聖女が力を込めて展開しているので、同じ聖女である私だから可能な芸当という訳だ。

「ただ、この《浄化《ピュアリファイ》》の応用は扱いどころが難しいのです。色々と問題が多いので」

「問題？」

「まず、このように相手の魔法に干渉するには対象と接触する必要があります」

「……《結界《バリア》》などであれば触れられると思いますが、炎などは無理では？」

「当然の疑問ですね。そのために《結界《バリア》》を活用する訳です」

そこで何かに気付いたのか、トルテがハッとした表情となって手を勢いよく上げた。

「もしかして先生の《聖霊剣《セイバー》》って、剣の形状で固めてるのはそういう理由があったからなんですか？」

「トルテ、いい指摘ですね。その通り、あれは魔法に直接触れずに《浄化《ピュアリファイ》》をするための手段でもあるのです。長く《聖霊剣《セイバー》》を維持するためでもありますが、そういった効果も狙っています」

「成る程……」

「次の問題ですが、効率の悪さです」

「効率が悪い……ですか？」

「《浄化《ピュアリファイ》》によって魔法に干渉するには、相手の魔法と同等以上出力が必要になります。ですが、干渉出来ても相手の魔法を無力化して打ち消すのにしか使えません」

「至近距離でしか発動出来ず、発動出来ても相手の魔法の魔力を上回ってなければいけなくて、そこまで出来ても得られる効果が無効化か打ち消しのみということですか……」

「その通りです」

「それは、確かに効率が悪いわね」

アンジェの推測を肯定すると、エミーが憂鬱そうに溜息《ためいき》を吐いた。

これだけ説明すると、本当に《浄化《ピュアリファイ》》の応用というのは難儀な部分が多い。

「例えば、何らかのアーティファクトの効力を無効化させるなどの状況にも使えるのですが、戦闘中に使うのは中々難しいでしょう」

「先生でも難しいの？」

「見極めが重要ですね。使うべき場面を間違えなければ、これ程有用な力はありません」

「ですが、必ず相手の魔法の出力を上回らなければいけないんですよね？」

「はい、そうですよ」

「もし、こちらの力が足りなかったら……」

「効果の減退程度に収まるでしょうね。その時は《祝福》《ブレス》で底上げすればいいのですが、それもまた使う場面を誤れば無駄に力を消費してしまうことになります」

「聞いていると先生にしか活用出来なそうですね……」

「はい。私にとっても必殺技、奥義《おうぎ》と言うべきものかもしれませんね」

「結局、無理って言われてるようにしか聞こえないんだけど……」

ふて腐れたようにエミーがぽつりと零《こぼ》す。私はそんな彼女の反応に微笑《ほほえ》んでしまう。

「落ち込むのは早いですよ？　正直、エミーの《浄化》《ピュアリファイ》の適性だけで言えば私を超えるのは時間の問題だと思っています」

「でも、《浄化》《ピュアリファイ》だけ上回ってても《結界》《バリア》と《祝福》《ブレス》の技術が追いついていないと意味がないでしょ？」

「いえ、そうとは限りません」

「えっ？」

「忘れていませんか、エミー。私は人間ですよ」

「………？」

「なんですか、その訝《いぶか》しげな表情は」

「いや、どういう意味で言ってるのかわからなくて……それで、結局何が言いたいの？」

「身体強化を使わなければ、私はエミーに身体能力で負けています」

「まぁ……これでもヴィーヴルだし……」

「つまり、私のように〝全て〟を極める必要はエミーにはないんですよ」

私の言葉に何か気付いたのか、アンジェがハッとして顔を上げた。

「……そういうことですか。先生の実力は聖女としての力を十全に使っているからこその力ですが、エミーはそもそも身体強化に意識を割かなくても元々の身体能力があるので、先生とは前提が違うんですね」

「ええ、そういうことです」

これは、エミーが持っているアドバンテージと言える。

元々の身体能力が高ければ、私のように掛け合わせでとにかく効果の向上を目指す必要はない。

「なので、エミーがまず極めるべきなのはやはり《浄化《ピュアリファイ》》なのでしょう。必要なのは結果を出すことであって、そこに至る道筋まで私をなぞる必要はないのですからね」

「……そうは言ってもねぇ」

まだまだ疑念が晴れないのか、エミーは眉を下げたまま息を吐く。

不安になるのも無理はない。けれど、そんな彼女の不安に寄り添い、解決していくのも先生の役割だ。

「なので、私は考えました」

「あっ、嫌な予感」

私が胸を張って伝えると、何故だかトルテが早口で呟《つぶや》いた。心なしか顔色まで悪くなっているように見えるのは気のせいだろうか。

そんなトルテの様子でエミーとアンジェも不安を覚えたのか、私へと向ける視線に何となく恐れのようなものが混ざっているのを感じる。

「エミー、貴方《あなた》のための特別授業です。アンジェとトルテにも協力していただき、《浄化《ピュアリファイ》》を極めるための修行をしましょう。この修行であればエミーを鍛えつつ、アンジェとトルテの成長にも繋《つな》げられるでしょう」

「……修行？」

「えぇ。今ならトルテが作ってくれる、疲労回復に効果がある料理もありますからね。一日通して手合わせを乗り越えた貴方たちなら大丈夫でしょう」

トルテもありがたい時に素晴らしい発見をしてくれたものだ。これで私も心置きなく全力を尽くせる。

思わずウキウキとした気持ちになってしまうのだけれど、何故かそれに反比例するかのように三人の表情が無になっている。おやおや？

「……もしかしてこれって、私は自分で自分の首を絞めたってこと？」

「……エミー、トルテ。頑張って生き残りましょう」

「どうしてこうなったぁ⁉」

トルテがこの世の終わりのような叫び声を上げた。まるで私がこれから酷《ひど》い目に遭わせるみたいだ。

まぁ、間違ってはいないのだけれど。でも、乗り越えれば強くなれるので頑張りましょうね。

幕間《まくあい》　エミーの場合

――悩んでいる暇なんてない。最近は前を向くことで手一杯だ。少し前まで異国に追い出されて腐っていたなんて思えない程に。

今は毎日が充実している。けれど、同時に足を止めている暇はないという焦燥感に襲われてもいる。

ティア・パーソン。私を閉じていた世界から連れ出してくれた人。どこか常識が欠けていても、それを気にせずに自由に振る舞う強い人。その背中に憧れを抱いてしまった。

あの人の背中に追いつくためには努力しなければならない。先生もそれを応援してくれて、私が努力出来る環境を整えてくれているし、自分の知識も余すことなく伝えてくれている。

ありがたい話だ。心からそう思う。けれど、同じぐらいこいつをどうしてやろうか？

という気持ちも湧いてくる。

「エミー、速度が落ちてますよ」

「ッ、うっさい！　わかってるわよ！」

「はい、時間切れです。アンジェ、次に切り替えてください」

「は、はい！」

「だぁあああ！」

私は今、中庭を全力で駆け回っている。向かう先にはアンジェが展開した《結界《バリア》》。速度を殺さないまま手を叩《たた》き付《つ》ける。

私の手から光が溢《あふ》れて、アンジェの《結界《バリア》》を薄くしていく。《浄化《ピュアリファイ》》を利用し、アンジェの展開した《結界《バリア》》に干渉、そのまま消失させる。

早く、早く、早くと何度も念じているものの、アンジェの《結界《バリア》》はそう簡単には消えない。時間がひたすら長く感じてしまい、頬を伝う汗の感触すら不愉快だ。

中庭にランダムに張られたアンジェの《結界《バリア》》を、《浄化《ピュアリファイ》》で消して回る特訓。《浄化《ピュアリファイ》》によって対象の魔法に干渉し、効力を無効にして打ち消す。その感覚を掴《つか》むのと同時に体力と集中力を高めるために中庭をひたすら走り回されているのだ。これがひたすらにキツイ。

実戦を考えれば、どこから魔法が飛んでくるのか、魔法を消すのにどれだけ力が必要なのか、それを覚えなければ無駄に力を消費してしまうだけだ。

これは私の課題であるのと同時にアンジェへの課題でもある。アンジェは駆け回るようなことはしていないけれど、逆に自分から離れた場所を狙って《結界》《バリア》を正確に展開しなければならない。

最初はその《結界》《バリア》の強度も一定だったけれど、数を重ねる間に《結界》《バリア》の強度や大きさに変化を加えるようになった。

アンジェにとっては《結界》《バリア》を自由自在に扱うための訓練。私にとっては適切な力で魔法を打ち消すための訓練。これを日課の畑仕事が終わった後に延々と繰り返している。

ずっと走り回りながら触れた《結界》《バリア》を効率的に《浄化》《ピュアリファイ》して、そのまま次の目標へと向かわなければならない。休む暇なんてない。ただひたすらそれを繰り返す。

汗だくになり、呼吸が苦しい。なんとか歯を食いしばって続けていた中、待ち望んでいた制止が告げられる。

「そこまで。二人とも、休んでください」

「ッ、ハァ……ッ、ハァ……ッ、……ッ……！」

ふらふらと歩いてから、その場に崩れ落ちるように身を投げ出す。大の字に転がりながら目を固く閉じ、呼吸を正すことに意識を集中させることしか出来ない。このまま気を失えるのなら、その方がどんなに楽か。

呼吸を落ち着かせるのにどれだけ時間がかかったのかすらも曖昧だ。そうして意識をぼんやりさせていると、額に心地良い冷たさが来た。

「エミー、大丈夫？　はい、濡《ぬ》れタオル」

「……トルテ、ありがとう」

「うん。あと、これ。飲み物だよ、零《こぼ》さないように気をつけて」

倒れていた私にトルテが駆け寄ってきて、手厚く世話をしてくれた。何とか上半身を起こして、トルテが差し出してくれた水筒を受け取って口に流していく。

大量の汗を流した身体に水が染《し》み渡《わた》る。これだけで生き返るような気分だ。

ふと視線をずらせば、同じように疲労困憊《ひろうこんぱい》になったアンジェが座り込んでいた。あれだけ無数の《結界《バリア》》を連続して展開しているのだから、私たちの疲労に差はないだろう。

「……あー、しんどい。こんな特訓を思いつくような人なんて、モンスターでも尻尾巻いて逃げるでしょうね」

「それは被害が減って良いことですね」

私のぼやきに対して、軽く返してくる先生。何を考えているのかわからない涼しげな表情を見ていると、少しだけイラッとしてしまう。

それでも噛《か》みつこうという気にならないのは、この特訓の成果を実感しているからだ。

最初は《浄化《ピュアリファイ》》の加減がわからなくて、無駄に疲れてしまうだけだった。けれど、何度も繰り返している内に感覚を掴んできた。今では魔法を見ただけで何となく《浄化《ピュアリファイ》》にどれだけの魔力が必要なのか、量れるようになってきた。

もう二度とやりたくないと毎回思わされるのに、自分が成長しているという実感があるからこそ続けてしまう。少しだけゾッとしてしまうけれど、満足感はある。

「トルテ、今日の軽食は？」

「昨日よりも自信作かな？　はい、どうぞ」

トルテが差し出したのはビスケットだ。それを口に運ぶと、控えめではあるけれど柔らかな舌触りの甘さが広がる。

喉を通って胃に落ちていくと、疲れ切っていた身体に染み渡っていくかのような温かな力が満ちてくる。ついつい、次から次へとビスケットを口に運んでしまうけれど、流石《さすが》に水分が足りなくなって勢いよく水筒に手を伸ばした。

「あー……染み渡る……」

「はいはい、ありがとう。がっついて喉を詰まらせないでよ？」

「喉を通らないよりはマシでしょ」

「この稽古を始めた時は本当に酷かったからね……」

初日は本当にヤバかった。何せアンジェと一緒に意識を失った程だ。

食欲すら湧かない程に疲れ切ってしまったので、それを見かねたトルテが食べやすい軽食を都度用意してくれるようになった。

この軽食にはトルテの《祝福《ブレス》》がかけられていて、最初は調整がわからなくて私とアンジェが目を回したり、鼻血を出してしまったり、逆に効果が低くて何も実感がなかったりと散々なこともあった。

それでも失敗を繰り返す内にトルテも調整が上手《うま》くなってきて、今では軽食を味わうために特訓を頑張っている面もある。私とアンジェが耐えられているのは間違いなくトルテのお陰だ。

性格はいいし、料理も美味《おい》しい。もしもトルテが教会にいたらモテていたんじゃないかと思う。まぁ、小動物的に可愛《かわい》がられていた可能性も大いにあるけれど。

「今、何か失礼なこと考えなかった？」

「別に、何も」

「……ふーん？」

こちらがよからぬことを考えている時のトルテの勘は鋭い。バレたら軽食を抜かれかねないので、すぐに表情を取り繕って誤魔化した。

暫《しばら》く疑いの眼差《まなざ》しを向けてきたトルテだけど、そんなトルテの持っていたビスケットをかすめ取るようにアンジェが手に取ってしまう。

「あっ、こらアンジェ！　それは私の分でしょ！」

「……それは失礼しました」

「そう言いながらもう一枚取るんじゃないわよ！」

「いらないのかと思いまして」

「そんなこと誰も言ってないでしょうが！　返せ、私のビスケット！」

「腹を殴られても渡しません」

「吐いたものまでは要らないわよ！　これ以上私の分を取るなって言ってるの！」

「そうは聞こえませんでした」

「この……！　あぁ言えばこう言うんだから！」

「ちょっと待ってください、摑んで揺さぶると本当に吐く……」

「エミー！　ストップ、ストップ！」

ガクガクとアンジェを揺さぶっていると、無表情のまま顔色を真っ青にするアンジェ。

それを見て慌ててトルテが摑みかかってきたけれど、私もすぐさま手を離した。

「ごめん！　大丈夫？　アンジェ」

しまった、ちょっとふざけすぎたかもしれない。この子だって私と同じぐらい疲れているというのに。

「……いえ、今のは自業自得《じごうじとく》でした。こちらこそごめんなさい」

アンジェは口元を押さえながらその場に座り込む。表情を取り繕う余裕もないのか疲労を隠していない。

そんなアンジェを気にかけてか、トルテが水筒を渡した。アンジェは受け取った水筒からちびちびと中身を飲むけれど、その姿は動くのさえ億劫《おっくう》だと言っているように見える。

「……はぁ、死ぬかと思いました」

「悪かったって」

「いえ、エミーのせいではなくて……ちょっと頭の中身を疑う先生のせいですね」

アンジェの言葉を聞いて、私は咄嗟《とっさ》に周囲を見渡してしまった。あの先生、おかしなことばかりするのに自分がおかしいと言われると謎の抗議をしてくる。それが鬱陶しいんだけれど、どうやら近くにはいないようだ。

「ちょっと、先生に聞かれたら面倒なんだから口には気をつけてよ」

「でも、事実ですし」

「怖いもの知らずか？」

「あんなのじゃれ合いのようなものですし、先生も本気な訳ないじゃないですか？　もし本気で自分が普通だと思ってたら、それこそおかしいですよ」

「まぁ……それはそうだね」

「トルテまで……知らないわよ、後で変な絡《から》まれ方しても」

「ですが、頭の中身を疑っているのは本当ですし」

「まだ言うか！」

「いえ、バカにしているのではなく……どれだけの研鑽《けんさん》を重ねれば息をするようにあんな複雑な《結界《バリア》》を扱いこなせるのか、純粋に疑問なんです」

「先生は《結界《バリア》》の腕前で言えばアンジェの方が上だって言ってたけど？」

「それはあくまで、事前に考えて組み終わっているからです。だからすぐに出せるだけであって、臨機応変にどんな状況にでも対応出来る訳ではありません。でも、先生は違うじゃないですか？」

「……そういうもんなの？」

私は《結界《バリア》》が苦手だ。だから漠然と先生が凄《すご》いことしかわからないし、先生と同じぐらい《結界《バリア》》の腕前があると言われているアンジェが、更に上だと思っている根拠も理解出来ない。

「先生は理屈で考えていません。むしろ、そうなるだろうという結果を天性の勘とこれまでの経験で感覚的に実現しているんです。もっと簡単に言えば〝私がそうなると思ったからそうなった〟としか言えないんですよ」

「ちょっと何言ってるか理解に苦しむわね……」

「でしょう？　私は先生の結界を分析して、自分の中で理論を立ててから組んでいます。パターンを事前に用意してあるからこそ、多彩な結界を作り出せますが、先生は必要な場面で必要な結界を即興で作り出せるんです。その点、準備や予習が必要な私とは全然違うんです」

「それがアンジェの頭の良さを否定することにはならないんだけどね……」

思わず溜息《ためいき》を吐《つ》いてしまう。アンジェの説明で彼女のやっていることは理解出来るけれど、それだって私には実践出来る気がしない。

羨んでも仕方ないことだけど、《結界《バリア》》の巧みさがあれば私ももっと選択肢があったんじゃないだろうか。

そんなことを思っていると、アンジェがジトッとした目で私を見てきた。

「私からすればエミーが羨ましいです」

「私が？」

「《浄化《ピュアリファイ》》の強さは聖女の根幹とも言えます。《結界《バリア》》は理屈さえ身につければやりようがありますが、《浄化《ピュアリファイ》》に関しては純粋に才能によって左右されてしまいます。単純に力が強いというのは、それだけで羨ましいものなんですよ」

「……そうね。漸《ようや》く私も、これが私の強みなんだと思えるようになってきたわ」

この訓練を始めてから、《浄化《ピュアリファイ》》の出力は高ければ高い程良いというのが身に染みた。魔法を打ち消す力がある《浄化《ピュアリファイ》》だけど、打ち消すためには対象となる力と同じか、上回る力で相殺《そうさい》しなければならない。

だから出力が高いことは、それだけで才能だと言っていた先生の言葉をよく理解出来る。勿論《もちろん》、どれだけ強い力を持っていても効率的に使えなかったら燃費と効率が悪いという話になってしまうのだけど。

「お互い、ないものねだりってことね」

「そういうことです」

「ははは、確かに二人と比べると私も劣ってるからなぁ」

「トルテは《祝福《ブレス》》が得意で、こんなにもご飯やお菓子が美味しいじゃないですか」

「そうよ。もうトルテなしで生きていくのが辛《つら》い程よ。ご飯が美味しすぎて」

「……あれ？　私の存在価値が食べ物基準になってない？　私の気のせい？」

「そうです、そうです」

「うわぁ、信用ならない返しだなぁ～！」

自然と笑い声が零《こぼ》れた。二人と話していると肩の力が抜けてくる。

時には二人のことを羨ましく思うことがあるけれど、二人も私に対して何かを思う時があるとわかった。だからこそ、この関係が心地良いんだ。

こんなにも違うのに、目標は同じだと信じられる仲間。一緒にいられるだけで笑い合える関係。そんな人たちと一緒に過ごせる日々。

それが幸せだと思う。故郷を離れて以来、こんな風に思うことなんてなかったのに、変わるものだと思う。

そんなことを考えていると、ふとアンジェが問いかけてきた。

「それで、エミー。最近の特訓で何か摑《つか》めたんですか？」

「ん？　摑むって……何を？」

私が小首を傾《かし》げてみせると、アンジェがもの凄い表情で私を見てきた。

うわ、こいつマジか……？　と言いたげに私を睨《にら》んでいたアンジェだけど、深々と溜息を吐き出してから続けた。

「これはエミーの《浄化《ピュアリファイ》》の応用を取得させるための特訓でしたけど、それだけじゃないでしょう？　ヴィーヴルの力を身につけるための模索でもあった訳じゃないですか」

「……あぁ、うん。いや、別に忘れてた訳じゃないわよ？」

「私の目を見て言ってくれますか？」

ごめんって、完全に忘れていた。でも、仕方ないと思わない？　あんな毎日ぶっ倒れるような特訓を強いられてたんだよ？

それは私も同じだって？　だからごめんって……。

「そんなこと言われたって、ヴィーヴルの力がどういうものなのかわからないっていうのに身につけるも何もないでしょ？　ただでさえ私は前例がないって言われている存在なんだから」

「それでもエミーがヴィーヴルであることには変わりありません。ならば、他のヴィーヴルが参考にはなる筈《はず》なんですよ。本当に何も知らないんですか？」

「知ってたらこんなに困ってないわよ……」

私が知っているのは、種族による特性を持つ代わりに何か弱点を持ちがちな魔族の中でも、ヴィーヴルは弱点らしいものがないということ。それからヴィーヴルと他の魔族が交わった子供が生まれると、親の得意な特性を引き継ぐことが多いこと。

だからヴィーヴルの強みというのが私にはいまいちピンと来ていない。弱点がないと言えるのは強みとは言えるけれど……。

「もう一度、ヴィーヴルの特性について考えた方が良《い》いのかもしれませんね」

「ヴィーヴルの特性を？」

「エミーの話ではヴィーヴルはヴィーヴル以外の種族と交わると、親の特性を引き継いだヴィーヴルとして生まれてくることが多いという話でしたよね？」

「ええ、そうよ」

「それなら、ヴィーヴルの長所と言える特性は適応力なのではないでしょうか？」

「適応力……？」

「言うなれば、環境に合わせて自分を適した姿に進化させる能力です」

ぴっと指を立てながらアンジェはそう言った。環境に合わせて進化する……？　それはでも、魔族全体に共通している特性じゃない？

「魔族は世界の歪《ゆが》みに適応することで今の姿になったと聞きました。つまり、ヴィーヴルは魔族の特徴が強く出ているのだと考えられませんか？」

「ドラゴンも確か環境に適応して、種類も多くて、強力な個体が多いからモンスターの中でも最強と言われるんだよね？　ヴィーヴルも同じ理由で最強ってこと？」

「私はそうなのではないかと考えています」

「うーん、理屈はわかるけど……仮にそうだとして、聖女でヴィーヴルな私はどんな力や環境に適応してるって言うのよ？」

「話を聞く限り、エミーが聖女の力に適応した初めての魔族なんですよね。そもそも、それがおかしな話だと思いませんか？」

「おかしい？　何が？」

「魔族は世界の歪みに適応した種族で、聖女の力は世界の歪みを打ち消すものの筈です。普通に考えればお互いの力を打ち消し合っても不思議ではありません。だから根本的に私たちは何か勘違いしているんじゃないでしょうか？」

「勘違い……？」

「そうですね。たとえば、聖女の力……つまり女神の力は世界の歪みに対抗するための力ではないとか？」

私は驚きながらアンジェを見てしまった。そうだ、考えてみれば聖女は女神の力を受け継ぎ、世界の歪みを浄化する役割を担《にな》っている。

しかし、それなら聖女の力、つまり女神の力はそのために存在する力なのかと言われれば疑問が残る。

「聖女の力が世界の歪みに対して有効であることと、世界の歪みを打ち消すために生まれたものではない、という仮説は両立するってことね」

私の問いにアンジェは頷《うなず》いてみせた。

でも、考えなかった理由もある。それだけ聖女のイメージ、つまり世界の歪みを浄化する者という認識がそれだけ根付いてしまっているんだろう。

「聖女の力は世界の歪みを打ち消すもので、歪みと共存することは出来ないと考えてしまいますが……」

「その前提が間違っていて、聖女の力と世界の歪みが共存出来るのなら私みたいな魔族が生まれてもおかしくないってことよね」

「あ、そうか。そうなっちゃうのか……でも、そうだよね。だって女神様がこの世界を創り出したんだし、それから邪神も含めた他の神様が生まれてるんだから。順番が逆と言えばそうなんだよね」

「勿論、聖女の力が世界の歪みを打ち消すために与えられたという仮説も立てられますが……そうなるとエミーのように魔族でありながら聖女という存在が生まれる理屈がわからなくなるんですよね」

「だから聖女の力の本質が何なのか、って話になる訳だ」

「その本質さえ掴めれば、ヴィーヴルの特性と絡《から》めて考えると理解が進むんじゃないかと思うのですが……」

「それがわかるなら、ここまで苦労なんてしてないって話にならない？」

私がそう言うと、アンジェとトルテは同意するように頷いて深い溜息を吐《つ》いた。

仮説は仮説でしかない。これを証明するためには検証を続けるしかない。結局、答えのわからない問題と向き合うしかないことには変わりない。

やはり途方もない話だ。せめてヒントぐらいあればいいんだけど、そんな光明も簡単には見つからない。

「先は長いわ……」

「そうですね。でも、一緒に考えていればいつか答えが見つかるかもしれませんよ」

「一緒にって……その、これは私の問題でしょ？　私と違って二人は人族な訳だし、私みたいな苦労はしなくて済むんだから」

「聖女の力の本質を掴めるなら決して無駄な探究ではありません。それに、エミーが悩んでいるなら手を貸すのは当然のことでしょう？　私たちは運命共同体なんですから」

「そうだよ。せめて私たちが揃《そろ》って力を合わせないと先生に全然追いつけないんだから。必要な時に頼ってくれていいんだよ？」

「逆に、私たちが困っていたらエミーだって助けようとしてくれるでしょう？」

ごく自然に、それが当たり前だというかのように告げるアンジェとトルテ。

あぁ、否定はしない。もしもアンジェとトルテが困っているというのなら力を貸すだろう。私たちは同じ人の背中を追いかけると決めたのだから。

その事実を再確認するだけで、胸の奥がくすぐったくて温かくなってしまう。

「ありがとう、二人とも」

こんなに信頼出来る人たちが傍《そば》にいてくれる。そんな感覚を、私はずっと忘れていた。

信頼出来る人が傍にいてくれるというのは、こんなにも自分が幸せを感じるのだと。

まだ答えが出た訳じゃないけれど、それでもこうして進めれば大丈夫な気がしてくる。

私自身、自分の可能性というものを信じられずにいる。それでも、皆がいてくれるなら、私は前を向いていられるから。

第二章　来客

その日はいつもと変わらない朝だった。畑仕事に精を出した後、休憩のために一息を吐いていたところ――不意に私は結界に反応があったのを感じ取った。

「先生？」

「どうかしたんですか？」

「いえ、どうやら何者かが結界に侵入したようですね」

私はこの周囲一帯に結界を展開している。魔物避けが主な効果だけれど、何者かが結界を越えたら、その気配を感じ取ることも出来る。

「行商人でしょうか？」

「行商人なら先に村へ向かっている筈です。向かっている方向がズレているので違うと思いますね」

私がそう言うと、エミーが感心したように声を上げた。

「流石《さすが》先生。よくそこまで詳細にわかるわね……」

「慣れれば簡単ですよ」

「……その結界ってどこまでの範囲を感知出来るの？」

「そうですね……山の麓くらいまでなら？」

「しれっととんでもないこと言ってるわ、この先生。どんだけの広範囲なの。王都を余裕で覆えるわよ……」

「先生がおかしいのはいつものことじゃないですか……」

エミーとアンジェが呆《あき》れたような視線を向けながらそう言った。だって必要な機能だし、出来るなら貴方《あなた》たちだって使うでしょう？

なに、そもそも使えない？　範囲も広すぎる？　修練次第なので、頑張りましょう。

「う～ん、誰かが道に迷ったとかではないんですか？」

「その可能性もありますが……」

もしそうだとすれば、このまま放置するのは良くないかもしれない。幾ら結界の中といえども、山での危険は他にもあるのだから。

念《ねん》の為《ため》、結界を通じて気配の様子を探ってみた。

「……どうやらまっすぐこちらに向かってるようですね」

「まっすぐ？」

「じゃあ、ここを目指してるってこと？」

「何者でしょうか？」

「特に危機は迫ってなさそうですし、待ちましょうか」

私がそう言うと、エミーたちは納得したのか、そのまま休憩に戻る。

数分後、結界を越えた人が私たちの前に姿を見せた。旅装束なのか、フード付きのマントを羽織っているので顔がよく見えない。その人物は軽く辺りを見渡して私たちを見つけると、気軽な足取りで近づいてくる。

「いやぁ、なかなか険しい山道だったんだわ。こんな辺鄙《へんぴ》なところで暮らしているだなんて頭が下がるね」

「何者ですか？　ここには一体何の用でしょう？」

私が一歩前に出て問いかけると、何故《なぜ》か笑われてしまった。声から察するに女性だろうけども、本当に何者なんだろうか？

私がジッと見つめていると、彼女はマントのフードを上げた。淡くて薄い赤紫の髪が零《こぼ》れて、猫のような印象を与えるぱっちり開かれた青い瞳が私を見つめる。

視線が合うと、彼女はニヤリと笑った。何故か、その表情に既視感を覚える。

「久しぶり、ティア。相変わらずそうで何よりなんだわ」

「……失礼ですが、どちら様ですか？」

「はいはい。予想してたけど、その反応は相変わらずなんだわ」

呆れたように言いながらも、何故か気安い態度で笑い始める。……もしかして知り合いなのだろうか？

そんな疑念のままに彼女の顔を見つめていると、不意に記憶が蘇《よみがえ》ってきた。

「……貴方」

「あっ、ようやく思い出した？」

「……確か、キャシー？」

その名を呼ぶのには自信がない。もしかしたら間違えているかもしれないと思いながら彼女の反応を窺《うかが》っていると、不敵な笑みのまま彼女は頷いた。

「そうだよ。最悪そのまま忘れられててもおかしくないと思ってたけど、流石のティアもそこまで薄情だった訳ではないと。まぁ、それは置いといて久しぶりなんだわ！」

「……」

「なんで黙る⁉」

「質問に答えて」

別に忘れてた訳じゃないから。まだ本人かどうか疑ってるだけだから。

だから先に質問に答えて。いいね？　届け、この思い。そう思っていると、キャシーは呆れたように肩を竦《すく》めた。

「相変わらずね、アンタ。それで先生なんて出来てる訳？」

「貴方に関係あるの？」

「本当に酷《ひど》いんだわ！」

……あぁ、何だか思い出してきた。確かにこんなやかましい奴《やつ》がいた気がする。

そんな私とキャシーのやり取りを様子見していたアンジェが声をかけてきた。

「先生……お知り合いですか？」

「これはこれは。お初にお目にかかります、アンジェリーナ王女。私はキャシー・セイン、こうしてお目通り出来たこと、誠に嬉《うれ》しく思っております」

キャシーは気取ったように恭《うやうや》しく礼をする。丁寧な筈《はず》なのに、何故だか胡散臭《うさんくさ》く感じてしまう。そういうところも昔と変わっていないらしい。

アンジェも同じ感想だったのか、キャシーを見つめる瞳は細められている。

「はぁ……キャシーさん、でしたか。先生とはどのようなご関係で？」

「ティアとは教会の同期です。私も昔は聖女でしたので」

「先生の同期？　貴方が？」

警戒を強めていたエミーが目を丸くしてキャシーの顔を見た。アンジェとトルテも同じような反応をしている。

それを見てキャシーも笑みを浮かべているけれど、やっぱりその笑顔はどこか胡散臭い。受け取り方によっては人を小馬鹿にしているようにさえ思える。

「それで、キャシーさんは一体何故ここに？」

「友人からのお願いでね、ティアへの知らせをお届けに参った次第です」

「お知らせ……？」

首を傾《かし》げる教え子たちを置いておいて、キャシーは私に封筒を差し出してきた。

「……これは？」

「レイナからだよ。ティアが王都にとんでもない報《しら》せをしてきたじゃない？　そのせいで今、王都はアンタの話題で持ちきりなんだわ」

「ドラドット大霊峰の件？」

「それ以外に何があるのさ？　あのレイナも眉を吊《つ》り上《あ》げてたんよ。まずは読んで内容を確認してほしいんだわ」

キャシーに促されて、私は封筒の中身を開いた。内容はレイナらしい綺麗《きれい》で几帳面《きちょうめん》な字で綴《つづ》られている。そのまま読み進めていくと、深い溜息《ためいき》が出てしまう。

これは悪い予感が当たってしまったようだ。自然と眉が寄っていくのが自分でもわかる。

そんな私を案じるようにアンジェが声をかけてくれた。

「……先生？　トライル司祭卿《きょう》はなんと？」

「ドラドット大霊峰の件で私に対して審問会を開くことになったので、王都に来るようにとの報せですね」

「審問会……ですか？」

「もっと言うと、越権行為の疑いがあるので出頭しろということです」

「ええ～⁉」

「なんですって⁉」

「……やはり、そういった話になってしまうのですね」

トルテとエミーが大袈裟《おおげさ》な程に驚いて、アンジェは目を見開かせてから溜息交じりにそう言った。そうなるかもしれないとは思っていたけれど、現実になってしまうと溜息が出る。あまり良《い》い状況とは言えなくなってきたようだ。

ちらりとキャシーに視線を移すと、彼女はおどけたように肩を竦めてみせる。

「ティアが報せを王都に送ってきてから、もう上層部は大騒ぎ。レイナも忙しいからって私に配達屋の真似事《まねごと》をしろって言ってきたんだわ。酷いと思わない？」

「私はすべきことをしたまでだから」

「すべきことってアンタは言うけれど、それでどうして禁域ダンジョンなんてとんでもないものを踏破しちゃってるんだわ？　少しは周りの迷惑も考えた？」

「貴方にだけは言われたくないわね」

「何でよ⁉」

「自分の胸に手を当てて考えたら？」

ややや突き放すように私はキャシーにそう言った。

ふと、そこで何故か教え子たちの意外そうな視線が私に集中していることに気付いた。

「そんな表情で、一体どうしたんですか？」

「いや……先生が敬語じゃないのって新鮮だなって」

「先生はいつも丁寧ですからね」

エミーとアンジェがそう言うと、いきなり大きな笑い声が響きだした。

笑い出したのはキャシーだ。人の目を気にした様子もなく、地面に転がっている。腹を抱えて足をバタバタさせている姿に、思わずイラッとしてしまう。

「ティアが？　丁寧？　あっはっはっはっ！　確かに丁寧かもしれないですね！　どれだけ言葉を飾っても本性が隠せてないですけど！」

「何さ、そんな怖い目で睨《にら》んで！　本当のことを言っただけなんだわ！」

「女神よ、この迷える魂をお救いください」

「それ抹殺する相手に言う台詞《せりふ》ぅッ！　あぶなっ、頭でも叩《たた》き割《わ》るつもり⁉」

……チッ、外したか。私が放った踵落《かかと》としはキャシーに寸前で回避された。

彼女はそのままゴロゴロと転がって私と距離を取り、体勢を立て直している。相変わらず危機に対しては鋭い。しぶとい、という言葉がキャシーには似合うだろう。

「キャシーさんは先生とは親しいんですか？」

「親しいかと言われると、どうですかねぇ。ティアは付き合いが悪いんで。というか、今の見ました？　私が避けなかったら全力で頭をかち割ろうとしてくるんですよ？」

「世のためよ」

「私の生死ってそんなに重いの⁉　ほら、見てくださいよ！　薄情だと思いませんか？　同期だからってこんな雑に扱うんです！」

「昔からいつも私に喧嘩《けんか》を売ってきて、その度に泣いて帰ったのは誰だったかしら？」

「うん、過去を振り返るのは愚かなことなんだわ！　止めよう、止めよう！」

キャシーはパッと飛び上がるようにして起きて、笑って誤魔化そうとする。

そんなに掘り返されたくないのなら黙っていればいいのに。

私が溜息を吐《つ》いていると、アンジェが何かに気付いたように表情を真剣なものへと変えていた。彼女はそのままキャシーへと問いかける。

「キャシーさん。貴方《あなた》が先生の同期ということは、キャシーさんも〝神々の霊廟《れいびょう》〟にいたんですか……？」

「……ええ、そうですよ」

キャシーは笑顔のまま、そう返事をした。表情は相変わらずだけど、影を落としたような些細《ささい》な変化が感じられる。

アンジェはその変化を感じ取ってしまったのだろう。次に続く言葉が出ず、キャシーを見つめることしか出来ていない。

そんなアンジェにキャシーは苦笑を浮かべてから、空気を切り替えるように口を開く。

「私はあれから教会を抜けて、今は聖女として活動してませんがね」

「聖女として活動してない……？」

アンジェだけではない、様子を窺《うかが》っていたエミーとトルテも驚きの表情を浮かべた。

それだけキャシーの言葉が衝撃的だったのだろう。

……私も、少し気になってしまった。

「まぁ、色々あったんですよ。私のことは置いておきましょう。……それで、ティア？　アンタ、これからどうするつもりなんだわ？」

「どう、とは？」

「このまま審問会に出るつもりなの？　下手な回答をすると、罪人として投獄される可能性だってあるわよ？」

「と、投獄……⁉」

トルテが怯《おび》えたように声を漏らす。投獄か、それも予想はしていた。

国がそこまでするのなら、本格的に聖女は切り捨てられるかもしれない。そうなってほしくはなかったけれど。

「そこまで国は先生を危険視しているのですか？」

「ティアのやったことはとんでもない偉業ですが、国の方針には真っ向から逆らってますし、禁域ダンジョンの攻略を果たした実力者なんて放置する訳にはいきませんからね。反抗的な態度を取ってれば、そりゃ邪魔になるでしょうね」

アンジェの問いかけにキャシーは指をくるくると回しながら答える。アンジェが悩ましげな表情になってしまったので、彼女の肩に手を置く。

彼女が不安げに私を見つめるので、大丈夫だと告げるように微笑《ほほえ》んでおく。

「今、王家は国を纏《まと》めるために発言力を高めようと動いてます。実力者を不当に扱うことで反対勢力に勢いづかれるのは避けたいところでしょう」

「反対勢力なんているの？」

「そりゃいますよ？　今は王家が強権を揮《ふる》って地方から聖女と騎士を引き上げさせていますから。自力で領地を保てないような貴族たちは王家に恭順してますけど、逆に自分の力を維持出来るような大きな勢力は王家に対して反感を強めています」

「それって、地方で力を持つ貴族は不満を溜《た》め込んでるってことよね」

「それでも、王家と争うようなことになれば国が荒れます。お互い、それは避けたいところなんでしょう。なのでどこもかしこも状況を静観しているという状況です」

「もし、そんな状況で先生が活躍したことが知れ渡ったら……」

「ティアを担《かつ》いで反対勢力が纏まるかもしれませんねぇ」

「私は国と争うつもりはありませんよ」

「じゃあ、国に従うつもりは？」

「私の目的を妨げないのであれば」

「妨げるなら？」

「わかってくれるまで説得するだけ。説得も出来ないなら……国を出て行くわね」

　私がそう言うと、キャシーは寒気でも感じたかのように腕をさすった。

「怖ぁ……まぁ、ティアの覚悟は理解しているつもりなんだわ。それに反対勢力といっても反乱を起こそうなんてことまでは考えていないんで、ティアが穏便に話をすませるつもりがあるなら、助力は惜しまないんだわ。そのためにここに来た訳だし」

「……それは貴方の考え？　それとも、レイナの考えなの？」

　思わず問いかけてしまった。キャシーがわざわざこんな辺境にまでレイナの手紙を運んできた理由。キャシーが自分の意思で決めたのか、それともレイナに何か思惑があるのか、それがわからない。

　問い詰めるために真《ま》っ直《す》ぐ見据えていると、キャシーは笑みを消して私と同じように視線を返してくる。その瞳には嘘《うそ》や冗談といった類いの気配はない。

「私の考えよ。……レイナについては、何も言うつもりはないんだわ」

「ではキャシー、今は聖女として活動していないと言ってたけど……それなら、どうしてレイナの報せを私に届けたの？　今、貴方はレイナとどんな繋《つな》がりがあるの？　部下という訳ではないの？」

「個人的な付き合いは続けてるだけなんだわ。同期のよしみでね」

　よく言う。同期と言いながらキャシーとレイナはそこまで仲が良かった覚えはない。

……いや、もしかして私が知らないところで交流があった？　それはあり得るかもしれない。私だって同期の人間関係を全て把握している訳ではないし。

「ティア。適当な生き方をしている私が言うことじゃないけどね、アンタもあんまり抱え込みすぎるんじゃないよ。少しは肩の力を抜いて生きた方がいいんだわ」

「……気持ちだけ受け取っておく」

「受け取るだけ、昔に比べたら丸くなったんだわ」

「まるで私が昔、尖《とが》ってたように聞こえるじゃない」

「否定出来るのならどうぞ？」

……これは敗北の沈黙ではない。戦略的撤退のための沈黙である。

私が口を閉ざすと、キャシーはいつもの人を食ったような笑みを浮かべた。

「王都に着いたらレイナのところに顔を出しておきな。レイナなら間を取り持ってくれるだろうから。今、王家に最も近い聖女だしね」

「わかったわ。……個人的に聞きたいこともあるしね」

「それなら何よりなんだわ。あ、王都に戻る時は一緒に連れていってほしいんだわ」

「は？」

唐突に何を言い出すのだろうか、こいつは。

「か弱い元聖女に一人旅なんて危険でしょ？　だから便乗したいな、なんて！」

「お帰りはあちらです」

「帰すな帰すな！」

「か弱いだなんて……図太いの間違いでは？　ここまで来られたんだから帰れるわよ。それじゃあ、元気で」

「冷たいこと言わないでほしいんだわ！　ここは同期のよしみで！　ほら、王女様たちも私たちの昔話とか興味があるのでは!?」

　こいつ、余計なことを。やはり、ここで始末をしておくべきか……？

「えっ、それは確かに気になるかも……」

「……トルテ？」

「こらこら、先生。トルテを脅すんじゃないわよ。それに私だって気になるわよ、昔の先生の話」

「エミー……」

「先生、王都から報《しら》せを届けてきたのですから無下に扱うのも可哀想《かわいそう》ですよ。昔の知り合いなら良くしてあげても罰は当たりませんよ」

「アンジェまで……」

ここに私の味方はいないようだ。気は進まないけれど、私の過去を知りたいと思っているというのは良好な関係を築けている証《あかし》だと思おう。

キャシーは勝ち誇るように笑みを浮かべている。イラッとしたので足を蹴り飛ばしてやろうとしたけれど、すぐさま逃げられる。

「……この子たちに免じて滞在を許すわ」

「感謝致します、アンジェリーナ王女殿下！」

「トルテとエミーにも感謝してください。お礼は先生の話を聞かせてくれれば、それで」

「それなら喜んで！　何せティアの武勇伝は語り尽くせぬ程にありますからね！」

「そんなものないわよ」

「そんなの自覚してないだけなんだわ！」

「先生に限ってそれはないわね」

「そうですね、先生ですし」

「先生だもんね！」

これは私の過去の話をするよりも、私に対しての認識について話し合う方が先じゃないかな？

キャシー・セイン

✦ ✦ ✦

ティアと同期だった元聖女。
聖女時代はティアのことを嫌って
対立していた。現在は聖女を止めて
レイナの密偵として活動し、
各地を放浪しながら情報を集めている。

The saint-teacher's
witchcraft
is progressive!

第三章　旧友

来客としてキャシーを迎えた夕食は、本当に騒がしかった。

この女、他人の話を面白おかしく語るのに余計な才能を発揮しすぎでは？　そのお陰で皆が彼女の話に食いついて盛り上がってしまった。

どうして自分でも覚えてないようなことを詳細に覚えているのか。一度ぐらい、記憶を失うまで殴り飛ばしても罰《ばち》は当たらない気がしてきた。

私の羞恥心と静かな怒りを引き換えに盛り上がった場ではあったものの、流石《さすが》に明日が早い教え子たちは眠りに就いていった。

彼女たちが眠ったのを確認していると、キャシーが音もなく忍び寄ってきた。

「アンジェリーナ様たちはもう寝た？」

「えぇ」

「そっか。王女様のことは少し心配してたけれど、ここでは元気にやってそうで何よりなんだわ」

そう語るキャシーの表情は穏やかで、昼間に見せていたふざけた気配が一切鳴りを潜めていた。大人しく出来るなら最初からそうすれば良かったのに。

……いや、思い出した。キャシーはそうして大人たちを騙《だま》して、評価を掠《かす》め取《と》るような奴《やつ》だった。忌々《いまいま》しいことを思い出していると、キャシーがにやりと笑みを浮かべる。

「それじゃあ、ここからは旧交を温める？　お酒とかないの？」

「お酒はないし、温めるような関係もないけど」

「言い切るあたり、昔から変わらないんだわ。……そんなアンタをレイナはよく叱りつけてたし、ジェシカが宥《なだ》めてた」

ジェシカ、その名前が出ると思わず反応してしまう。

そんな私の反応を静かに観察するようにキャシーが見ていた。その視線が落ち着かなくて、彼女の視線から逃れるように顔を逸《そ》らしてしまう。

「付き合ってほしいんだわ、ティア。……話がない訳じゃないでしょう？」

「……わかったわ」

確かに、彼女には聞きたいことがある。いまいちどう接すればいいのか定まらない彼女を、私は自分の部屋に招く。

話が長くなるだろうと思ってお茶を出すと、彼女はそれをしげしげと眺めた。

「まさか、ティアが淹《い》れてくれたお茶が飲めるだなんてね。同期の皆に言ったら正気を疑われるか、毒でも盛られたんじゃないかって騒がれそうなんだわ」

「どうして、私が毒を盛らなきゃいけないのよ」

「それは、私がアンタに対して陰湿な虐《いじ》めを繰り返してたから？」

「私に虐められて、仕返しをしようとしてもあしらわれてたからの間違いでは？」

「虐めてたって自覚がある⁉」

「客観的に見れば、そういう解釈もある」

「主観的に自覚しなよぉ！　最初に仕掛けたのはだいたい私だったけど、あんな万倍返しされてたら間違いなく虐めでしょうが！」

「力量差も弁《わきま》えずに喧嘩《けんか》を売るキャシーが悪いのでは……？」

「ムカつく……！」

「私も貴方《あなた》にムカついてたので、お互い様ね」

「ははは、本当に変わらないんだわ！　……いや、変わってないように見えて変わってるか。やっぱり丸くなったよ、ティアは」

「人のことを何だと思ってたの？」

「いけ好かない奴、生意気な唐変木。昔のアンタは、本当に気に入らなかったんだわ」

「それはどうも」

「……だから、どうしてアンタがジェシカと仲良くなったのか本当にわからなかった」

ジェシカの名前を出されて、じくりと胸が痛む。

口を開けずにいると、キャシーがお茶を飲む音が静かに響く。夜の静寂は、そんな些細《ささい》な音すら鮮明にさせてしまうようだった。

「今なら、少しわかるかもね」

「そう……別に理解されたいとは思わないけれど」

「一言多いってジェシカに怒られてなかった？」

「……」

「あと都合が悪くなると黙る」

「うるさい」

「ジェシカがいないと本当に人間関係が終わってたわよね、アンタ」

……それは本当に否定出来ない。彼女と過ごした経験があるから、人との付き合い方を学んだのだと自分でも思う。

「今でも、ティアの心の中にジェシカが生きてるのね。……あの日、あんなことになってなかったらどうなっていたかしら？　そんなことを考えるんだわ」

「キャシー」

思わず私は彼女の名を呼んでしまった。

あんなにふざけた振る舞いをしていた彼女が、その痛みを感じ取ってしまう程に悼《いた》んでいる。同じ痛みを抱えるからこそ、どうしようもなく理解してしまった。

「あの日から私たちの人生は大きく変わってしまった。皆バラバラになって、儀式を失敗した私たちへの眼差《まなざ》しは決して優しいものじゃなかった。嫌気がさして聖女なんて投げ捨てた私に比べてアンタたちはよくやってると思うんだわ」

キャシーは顔を上げてそう言った。取り繕おうとしたのがわかる笑顔、けれど痛々しさが抜けきっていないのが手に取るようにわかる。

彼女もまた、あの日から傷ついているんだ。だからこそ、彼女がこれまでどのように過ごしていたのか気になった。

「キャシー、聖女を辞めてから貴方は何をしてたの？」

「気ままにぶらりと自由旅さ。ティアみたいに戦える訳じゃないけれど、口先と逃げ足なら負けないんだわ」

「いくら白い目で見られても、聖女として生きてれば安穏とした生活が送れたのに？」

私が問いかけると、キャシーはスッと細めた目で私を見つめ返してきた。

まるで、それが非難されているように感じたのは私の気のせいなのか。……いや、これは気のせいではないだろう。

「ティアはそんな生き方を今からでも選べる？」

「無理」

「そういうことなんだわ」

「……そうね、無粋なことを聞いたわ」

「別にいいさ。それに旅はそう悪いもんじゃなかったんだわ。良《い》いことも、悪いことも平等にやってくる。時折、現実と夢を行き交いしてるんじゃないかって思う程にね」

「……酷《ひど》いところは酷かったでしょう」

「ティアもここに送られるまでは各地を巡ってたんだっけ？　それなら、ある程度は同じ景色を見てきたのかも」

「……そうね」

本当に酷い光景を見た。

聖女を囲い、騎士たちに守られて、華やかとさえ言っても過言ではない日常が続く中央の都市。そんな中央の都市に対比するかのように、街を守る聖女も騎士もいなくなってしまった滅びを待つ都市。

治安が荒れ、ならず者たちが闊歩《かっぽ》するような街があった。

全てを諦め、それでも故郷を捨てられずに残った住人たちが住まう村もあった。

少しでも自分たちが住まう場所を守るためにモンスターを間引こうとして、命を散らした若者の亡骸《なきがら》を弔ったこともあった。

二分されてしまった世界の差を、私はどうしようもなく知ってしまっている。

「中央に行けば行く程、以前と何ら変わりない生活が続いてる。むしろ良くなってる地域さえあった。それに反比例して地方に行けば行く程、悲惨な場所が増えていくんだわ」

「……そうね」

「聖女も騎士もいない、けれど故郷から離れられもしない。死ぬならせめて思い出の地で。そう言ったご老人と話したこともあったわ」

キャシーがそっと、静かにお茶を置いた。握りしめられた拳が震えたのを、私は見逃さなかった。

「聖女がいれば、誰も見捨てられることなんてなかったのに」

「キャシー」

「……私たちが失敗した。そのせいで、この国は変わってしまった」

その声は、先程までの彼女とは似つかわしくない程に重くて暗い。

私たちはそれだけの闇を見てきた。この国を蝕《むしば》む、癒やしようのない病に似た絶望を。

「ねぇ、ティア。もし……あの日の事件に糸を引いている者がいたらどうする？」

「……何？」

ぽつりと、キャシーがとんでもないことを言った。どうしても声が低くなってしまう。

あの日というのは、私がジェシカを失った日のことだろう。

誰かがあの事件を起こしたとでも言いたいんだろうか。まさか、と言いたい。そんなの流石にあり得ないだろう、と。

そんな可能性、あってほしくない。そう願ってしまう自分がいる。だって、そうでなければ……。

自分を落ち着かせるために大きく深呼吸をして、キャシーへと視線を向ける。

「キャシー、それはどういう意味？」

「もしもの話なんだわ。もし、あの事件を引き起こそうとした誰かがいたとしたら、ティアはどうする？　私たちにとって仇《あだ》となる存在がいたとしたら……」

「もし、本当にそんな人物がいるのだとしたら罪を償わせるだけよ」

「復讐《ふくしゅう》したいと思わない？」

復讐。その一言を突きつけられるだけで、心臓が嫌な跳ね方をした気がする。

鮮明に記憶が蘇《よみがえ》る。笑って私を送り出して、嘘《うそ》を吐《つ》いてまで守ろうとしてくれたジェシカの笑顔を。目を閉じて、ゆっくり長く息を吐き出す。しっかりと時間をかけてから、私は目を開くのと同時に答えを返す。

「私は、復讐なんてしない」

「……どうして？　ティア、アンタが一番憎んでいい筈《はず》だよ」

「あの日の悔しさに、誰が一番かなんて決める必要はない。皆苦しんで、皆悲しんだ。ただそれだけよ。私だけが特別だなんてことはない」

「それなら、何で復讐しないなんて言える？」

「私は、聖女だから」

それが、私の出した答え。譲るつもりのない、ただ一つの回答。

復讐はしない。聖女がすべきなのは、安寧を脅《おびや》かす脅威からこの世界を守ること。この力を憎しみのために振るうことを、私は絶対にしない。そう決めているんだ。

「……聖女だから復讐なんてしないって？」

「聖女としてやるべきことだと思わないから」

「憎いと思わないの？」

「憎いわ。八つ裂きにしても足りない程に」

それは本心だ。私だって、もしも仇がいるというのなら生まれてきたことを後悔するまで痛めつけてしまいたいと思う。

でなければ、ジェシカが、あの日に犠牲になった人たちが報われない。何のために彼女たちは死ななければならなかったのか。

どんな目的があっても、どんな理由があっても、ジェシカたちを殺したという罪に許しを与えるつもりなんてない。

心からそう思っている。そうは思っていても、実行は絶対にしないと誓った。

「聖女だからって個人の感情を捨てるとでも言いたいの？」

「捨てる訳じゃない。憎いものはずっと憎むわ。でも、私情を優先するつもりもない。私は聖女としてありたい、聖女として人に憧れられる存在であるために生きる。だから復讐はしない」

私の中身がどれだけ聖女として相応《ふさわ》しくないのだとしても。それでも私は聖女としてあるために振る舞おう。聖女として恥じないように生きよう。

それが、ジェシカと交わした約束だから。その約束が今の私を作っている。

だから、私はその誓いを裏切ることは出来ない。

「アッハッハッハッハッ！」

「……何、急に笑い出して」

突然笑い出したキャシーは今にも椅子から転げ落ちてしまいそうだ。なんで涙が出そうになるまで笑っているのか。

それから少し経《た》ち、彼女はひぃひぃと呼吸を整えながら、指で涙を拭っている。

「あー、本当にティアは変わらないって思っただけなんだわ。変な話を振って悪かったんだわ。忘れて、忘れて」

「忘れない。……キャシー、私からも聞きたい。貴方《あなた》は復讐したいの？」

「するよ」

キャシーは間髪を容《い》れずに私の問いかけに対して答えた。彼女の声は、今日聞いた中でも一番の鋭さを秘めていた。

彼女の顔を見れば笑みは一切なく、ここではないどこかを仄暗《ほのぐら》い眼差しで睨《にら》み付《つ》けているようだ。

「私は復讐するよ。私はあの日に起きたことを絶対に許さない。裏で糸を引いていた奴《やつ》がいるなら、女神の御許《みもと》まで届かない程に砕いて殺してやる。そうじゃないと、報われないものがありすぎる」

「……そう」

復讐。それは、許される行いなのか。

罪は裁かれるべきだ。罪に見合った罰は与えられなくては筋が通らない。

では、その罰を与えるのは何であるべきなんだろうか。復讐なのであれば、それは人になるのだろうか。それは私にもわからない。

キャシーの気持ちは痛い程にわかるから止める気にはならない。是非でも、善悪でもなくて、そうしないと私たちは息が出来ないんだ。

この憎しみが消えるだけの、納得がいく理由がない限り。一生消えることはないんだ。

「……いっぱい、死んだよ。まだ覚えてるよ、皆のことを覚えてる。覚えてるのに、もう声も、顔も、はっきり浮かばないんだ」

キャシーは囁《ささや》くような声で零《こぼ》した。先程までの鋭さが嘘のように消えていて、聞く人によっては啜《すす》り泣《な》いているように聞こえるかもしれない。

「……キャシー」

「あんなに一緒にいたのに、笑い合っていたのに、覚えているのに、覚えていたいのに、零れ落ちていくようになくなっていくんだ」

忘れない。でも、消えていく。まるで輪郭がぼやけていくように、鮮明な記憶は事実へと変わり果てていく。

どんなにかき集めようとも、時の流れには逆らえない。わかっている。けれど、それでもどうしようもなく憎いんだ。

こんなにも望んでいるのに、どうして私から奪い去ろうとするのか。どうして、それを許せるというのか。

「私にとってこの復讐が、皆を覚えていられるための手段なんだ。忘れない、絶対に忘れない。それがどれだけ血塗《ちまみ》れになるような道だったとしても、私はその道を選ぶんだわ」

それは、私が選ばなかった道。でも、私が選んでいてもおかしくなかった道だ。

私からキャシーにかける言葉はなかった。私たちの道は重ならない。向かう先も交差するかもわからない。そう思ってしまったから。

ただ、一つだけ気になったことがあった。

「それは、レイナもなの？」

レイナも私たちと同じ痛みを抱えている。聖女の頂点に立った彼女は今、何を考えているのだろうか。

しかし、私の問いに対してキャシーは小さく首を左右に振って答えをくれなかった。

「それは私が答えるべきじゃないでしょ？　聞きたければ本人に聞けばいいんだわ」

「素直に答えてくれないでしょうね」

私がそう言うと、わかっているじゃないかと言うようにキャシーが笑った。

「そりゃそうなんだわ。レイナにとって、ティアはいつまでもライバルなんだから」

「ライバル……そうは言われても、実感が湧かない」

少しだけ困ったように言うと、キャシーが呆《あき》れたような目で私を見た。

「それって、レイナのことを相手にしてないってこと？」

「そうじゃなくて、そもそも比べることに価値があると思えない。私とは違ってレイナは真っ当な聖女として生きてる。その点でレイナは昔からずっと優れていたでしょう」

私のようなはみ出し者と違って、レイナは真っ当な聖女だった。

一般的な聖女の理想像と言えば彼女の筈だ。それなのにどうして私がライバルだなんて思われているのかがわからない。

「でも、レイナはアンタにはなれなかったんだよ」

「なる必要もない。私は私で、レイナはレイナよ」

「そうやって割り切れないんだなぁ、レイナは」

「難儀ね……」

「ティアはレイナのことをどう思ってるのさ」

「危なっかしい友人」

「それ、レイナに言ったら絶対怒るんだわ」

「危なっかしいのは事実だと思うけど……」

「はい、この話はここまでー！　絶対にレイナに言うんじゃないよ！」

「それぐらい、私だってわかってる」

どれだけレイナに突っかかられたと思っているのか。その点ではキャシーも負けてはいないけれど、彼女は不貞不貞《ふてぶて》しいし、世渡りも上手だから心配するだけ無駄だ。

「それにしても、あれだけレイナに邪険にされてるのによく友人だと言えるもんだわ」

「貴方と違って、レイナは真っ向から私に噛《か》みついてきたから」

「うっ……過去のやらかしが私を苛《さいな》む……！　あの頃はまだ若かった……！」

「そうね。皆、若かった」

目を閉じれば鮮明に思い出せる。私の手を引いて、喧噪《けんそう》の中に連れ出してくれたジェシカの姿を。キャシーの中にも、そんな彼女の姿が残っているんだろうか。

あの日々は、今思い返せば本当に楽しかったんだと思う。その幸福の価値を知ろうとしていなかったけれど。

「……楽しかったね」

「ティアでもそう思うんだ」

「ジェシカがいてくれたから」

「それはそう」

「……寂しいなぁ」

「……ええ」

　しんみりとした空気に、お酒が欲しいというキャシーの気持ちを理解してしまった。

　あまり飲んだことはないけれど、酔いたいと思わされるのだ。悲しみに耐えたいからなのか、現実から目を背けたいからなのか、理由ははっきりとしないけれど。

「キャシー」

「何？」

「私より先に死ぬような間抜けはしないで」

「何さ、急に！　アンタの方が先に死にそうなクセに！」

「だから言ってるのよ。……私は貴方の復讐《ふくしゅう》を止めはしない。でも、だからって先に死ぬのだけは止めて。もう見送りたくないから」

「…………わかってる」

　キャシーの声はとても真剣だった。たったそれだけのことなのに安堵《あんど》を覚えてしまう。

　人は変わるものだ。心も、関係も、生きていればそんなこともあるのだと思わされる。

「……私からもお願いしていいかい？」

「何？」

「レイナのこと、信じてやってほしいんだわ」

私は恐らく、妙な表情を浮かべていたと思う。どうにもキャシーはレイナのことを気にかけているし、私にも気にかけてほしそうなんだけれど、何故《なぜ》なんだろう？

それだけレイナが危ういのだろうか？　確かに元から尖《とが》っていて、その真面目さと不器用さで苦労していそうな気配はしていたけれど。

「……よくわからないけど、レイナのことなら、キャシーに言われなくても信じてるわ。私に信じてるなんて言われても喜ばないでしょうけれどね」

私とレイナは向いている方向が違う。歩む道だって違う。それでも私は彼女に友情を感じているし、それが一方的なものであってもいいと思っている。

私が好ましく思っているレイナは、自分の道と真剣に向き合って進んでいる人なのだから。心配はしても、その歩みを止めようとは思わない。

そんな彼女がもし、私と道が重なることがあって、私の力を求めてくれるのなら、その時は力を貸してもいいかもしれない。そう思えるぐらいには、私は彼女のことを尊敬しているのだから。

「レイナは私に何か言われなくても、自分でちゃんと正しい道を進める。ずっと、昔からそう思ってる」

「……そう」

私の言葉を聞いて、キャシーは笑っているのか呆れているのか、どちらとも取れるような曖昧な表情で頷《うなず》いた。

それからパッと切り替えて、いつもの笑みを浮かべる。

「じゃあ、もし二人の道が重なった時、気が向いたら助けてやってほしいんだわ。これはレイナには秘密。……危なっかしいからね。その時が来たらお願い」

「バレたら貴方もレイナに怒られるわね」

「だから秘密なんだわ」

私たちは顔を見合わせて笑った。きっと、私たちの脳裏にはレイナの仏頂面《ぶっちょうづら》が浮かんでいることだろう。そんな確信があった。

第四章　信念

私たちは今、空の上にいる。前回王都に行った際に私たちを運んでくれた亜竜《レッサードラゴン》の背に乗って、再び王都を目指しているのだ。

「ご苦労様です、メイズ」

「ギャウ」

正式に飼育することを決めたので、亜竜《レッサードラゴン》にも名前をつけた。

名前はメイズ。今ではすっかり私の作る野菜を気に入ってくれて、お互い信頼感が芽生えつつある。同じ釜の飯を食うのは大事だ。普段は教会の一角に作った飼育小屋でのんびり過ごしている。

エミーがそんな姿を見て、野性を忘れただの、ドラゴンの誇りがどうだの言ってたけど、気が向いた時や、私が周辺の確認をする際には一緒に付いてきて狩りをしている。

ダンジョン浄化の影響でモンスターたちが弱体化したので、メイズを脅《おびや》かすようなモンスターが現れるようなこともないので、悠々自適な生活をしている。

それでも一度空に飛び立てば、ドラゴン種の力強さを感じさせてくれる。頼もしい限りだ。今度、鱗《うろこ》がピカピカになるまで磨いてあげよう。

「改めて思いますが、亜竜《レッサードラゴン》の送迎は便利ですね」

「こんなにあっという間に王都まで来られるなんて、凄《すご》いもんなんだわ！　本当に良い子だねぇ、君は！」

メイズのことをかなり気に入ったのか、キャシーはひたすら上機嫌だ。

その意見に同意するようにアンジェが何度も頷いている。一方で、高いところが得意ではないエミーがトルテに介抱されていた。

「エミー、大丈夫？」

「最初の時よりは全然マシよ……」

「それならいいんだけど……」

「……ところで、また亜竜《レッサードラゴン》に乗って王都に向かっているけれど、本当にいいの？　今度こそ問題になったりしないわよね？」

「大丈夫じゃないですか、二度目ですし」

「全然信用ならないんですけど⁉」

エミー、大丈夫。人は慣れる生き物なんだから。

そんなことを考えていると、キャシーがクスクスと笑ってから口を開いた。

「その点はご安心を。既にレイナが手を回して、メイズちゃんが降りられるように自分の屋敷《やしき》を貸してくれているんだわ」

「レイナが？」

「どうせティアはまた同じことをするだろうから、それなら問題になる前に根回しをしておく、だって」

「そう。レイナにはお礼を言わないといけないわね」

「労《ねぎら》ってあげてほしいんだわ。上層部と交渉するのに骨を折っていたから」

聖女筆頭となったレイナ。彼女は、私には想像しきれない苦労を背負っているのだろう。まぁ、私が労おうとしたなら鼻で笑われるか、正気を疑われるだろうけれど。

すると、アンジェがキャシーへと質問を投げかけた。

「トライル司祭卿《きょう》はそんなに権勢を誇っているのですか？」

「聖女たちの中で真っ先に今の王家の方針に恭順したのがレイナなのです。〝神々の霊《れい》廟《びょう》〟の失態から聖女は保護されるべきという風潮に変わった後、それを推し進める一助となりました。それが評価されて、あれよあれよといつの間にか聖女たちのトップに立っていたという訳なんです」

「じゃあ、先生と方針が真っ向からぶつかってるんだ」

「まぁ、そうですね」

「……トライル司祭卿との関係は本当に大丈夫なんですか？」

「大丈夫ですよ。レイナは自らの正義を通すことに力を尽くす人であることは間違いないですが、だからといって自分と異なる考えを持つものを排除しようと考えるような人でもないです。むしろ効率のために自分のこだわりは幾らでも捨てられる人です」

「その効率主義のせいで、地方を切り捨てた冷酷女みたいな評価もされているけれどね。別に慈悲がない訳じゃないんだけど、誤解されやすいというか、何というか……」

情がない訳ではないけれど、それよりも優先するものがある時はそちらを優先するだけだ。それは確かに冷たく見えてしまうかもしれないけれど、彼女だって好きで見捨てたい訳ではない。でも、誰かがやらなければならないから自分でやる。

昔から厄介ごとやそんな役割を抱え込む姿を見ているだけに心配になってしまう。そうして脳裏に浮かぶ彼女の面影を辿《たど》っていると、大きな城の姿が見えてきた。

「王都が見えてきましたね」

「戻ってきたんですね……」

ぽつりとアンジェが呟《つぶや》きを零《こぼ》す。その横顔に浮かぶ表情は複雑なものだ。

彼女にとって王都は生まれ故郷であり、同時に苦しい時を過ごした場所なのだ。思うところはあって当然だろう。

私は敢《あ》えて気付かなかったフリをして、キャシーへと問いかけた。

「それでキャシー、レイナの屋敷はどこ？」

「あそこの赤い屋根のでかい建物なんだわ」

「あそこに降りてください、メイズ」

「ギャア」

メイズへと指示を出して、キャシーが指し示した屋敷へと降り立つ。

大きく見事な屋敷だ。中庭なども丁寧に整えられていて、お金がかけられていることがよくわかる。

屋敷の見栄《みば》えというのが権力の大きさを示す材料の一つと考えれば、レイナの王都での地位が垣間見《かいまみ》える。

私が屋敷を観察していると、項垂《うなだ》れながらメイズの背から降りたエミーが深く息を吐いていた。気合いを入れ直すためにグッと背筋を伸ばした後、軽く両頬を自分で叩《たた》く。

「ふう……ようやく地面ね。一息を吐けそうだわ」

「お疲れ様、エミー」

エミーを労《いたわ》るようにトルテが彼女の背中を叩く。すると、次の瞬間にメイズが小突くような勢いでエミーの背中を押した。

エミーとメイズの体格差を考えれば小突いただけでも結構な衝撃だ。エミーは何歩か前に進んで衝撃を逃している。突然のことだったからだろう、彼女はとても驚いていた。

「なにをすんのよ、このバカ！」

「ギャア……」

「恐らく、エミーのことを気遣ったのではないでしょうか？」

「先生！　寝ぼけてんじゃないわよ！　見なさい、今にも鼻で笑って舐《な》め腐った態度を取りそうなこのクソドラゴンを！　何が不満だって言うのよ！」

指でメイズを指しながらエミーが怒声を上げる。そんなにひどい態度を取ってるのかな、と思いながらメイズを見ると明後日《あさって》の方向を向いていた。

どうにもエミーとメイズは馬が合わないのか、小競《こぜ》り合《あ》いを繰り広げることが多い。

エミー曰《いわ》く、メイズはグルメなので、同じ聖女の魔法で育てていても先生の野菜を選《え》り好《この》みして食べる。私たちの野菜を食べる時は鼻で笑っていると言うのだ。

「ふむ、それならエミーが強くなる理由が一つ増えましたね。メイズに舐められないように頑張りましょうね」

「……まぁ、それもそうね。いつかコイツには痛い目を見せてあげないといけないわ」

「ギャァ」

「だから鼻で笑うんじゃないわよ！　鼻息かけんな！」

じゃれ合うエミーとメイズはとても仲良さそうにも見える。それを指摘するとエミーに否定されるだろうけど。

ちなみにアンジェとトルテは距離を取って、苦笑しながらその様子を見守っていた。

そんな時だった。ふと、誰かがこちらに近づいてくる気配を感じて振り返る。

視線を向けた先にいたのは老人だった。豪華な屋敷に見合わず質素な服装で、更に違和感を際立《きわだ》たせているのはよく鍛えられた肉体だ。

その顔に私は見覚えがあって、誰なのかわかった時にハッとしてしまった。私が気付いたのをあちらも察したのだろう。好々爺《こうこうや》のように微笑《ほほえ》みながら彼が声をかけてくる。

「本当に亜竜《レッサードラゴン》に乗ってくるとは、なかなか信じがたい光景だな」

「……まさか、デリル卿ですか？」

「久しいな、ティア殿」

「ここでお会い出来るなんて。お久しぶりです」

とてもお世話になっていた人との思わぬ再会につい声が弾んでしまう。

「随分と態度が変わったじゃないか。あれだけ抜き身の刃のようだった君が教師を務めているなどと、あの頃の誰が信じるかな？」

「若気の至りです」

「はっはっはっ！　若者は血気盛んな方がいいくらいだ！　まぁ、誰よりも血気盛んなのが当時、聖女で最も優秀だった君なのは笑い話だったな！」

「先生、この人は……？」

私たちが親しげに話していると、トルテが訝《いぶか》しげな表情になりながら問いかけてきた。

彼女たちの紹介を忘れていた。気を取り直すように咳払《せきばら》いをしてから、向き直って口を開く。

「この方はデリル・オーファン卿です。私が教会に在籍した時に騎士の教官を務めていた方です。引退はしましたが、過去に近衛《このえ》騎士団長だった経歴もおありです」

「今では爵位も返上した老いぼれでしかないがな」

「爵位を……？」

「うむ。なのでデリルと呼び捨ててくれて構わんよ」

「……流石《さすが》にそのままでは呼びがたいので、教官を付けさせてください」

「その呼ばれ方も懐《なつ》かしいものだな。それで、この子たちが君の教え子たちか？」

デリル教官は豪快に笑った後、三人へと視線を向けた。何故《なぜ》か緊張しているのか、皆はすぐに姿勢を正している。

そんな中で一番反応を露《あら》わにしているのはエミーだった。不躾《ぶしつけ》な程の興味津々《きょうみしんしん》な視線をデリル教官に向けている。その様子は、私の実力を確認するために手合わせをした時とよく似ている。

デリル教官もそんな視線の意図を察しているのだろう。面白いものを見たと言わんばかりに笑みを深めた。

「……ふっ、皇女殿下は良《い》い目をしているな。聖女であるというのが信じられない程だ」

「それは、どうも」

「気に障《さわ》ったなら謝罪しましょう」

「別に気にしてないわ。悪評なら自分で覆《くつがえ》すもの」

挑みかかるような気迫の籠もった笑みを浮かべるエミー。その態度にデリル教官は満足そうに頷《うなず》いた。

「良き子たちと出会えたようだな、ティア殿」

「はい、私には勿体《もったい》ない程の教え子たちです」

少しだけ気恥ずかしいけれど、褒められて嬉《うれ》しいと素直に思ってしまう。

それにしても、教官はどうしてここにいるのだろう？　気になる話もしていたし……。

「デリル教官。先程爵位を返上したと聞きましたが、一体どういうことですか？」

「責任を取っただけさ」

「……責任？」

「君たちの教導をしたのが私だったからな。将来有望だった若者たちを不甲斐《ふがい》ない教導で失ってしまった私には相応《ふさわ》しい罰であろう」

まったく思ってもみなかったことを言われて、私は目を見開いてしまった。

そんな理由でデリル教官が爵位を返上したというのが信じられない。彼は騎士の中でも名うての人物だった。

勇退した後も教官として厳しく新米の騎士を立派に育ててくれた。それなのに私たちの失態のせいで地位を返上せざるを得なくなったなんて初めて聞いた。

言いようのない激情が胸の奥から湧き上がる。それを落ち着かせるように深呼吸をしてから、私は口を開く。

「誰もデリル教官のせいだなんて思っていませんよ」

「そう言ってくれるならありがたいことだ。だが、誰かが目に見えてわかる形で責任を取ることもまた必要なのだよ。私は老い先短い老人だしな、喜んで若人の礎《いしずえ》となるさ」

「……デリル教官が納得されているというのなら、私から言うことはありません」

「あぁ、だから気にしないでくれたまえ」

そんなの無理だ。本当に、あの一件はいつまでも尾を引き続けるばかりだ。

だからこそ、まだ何も終わっていないのだと思ってしまう。あの日から私の戦いはずっと続いているんだ。

「デリル教官もレイナの下に身を寄せているのですか？」

「さぁ、どうかな？　私はトライル司祭卿《きょう》からティア殿が王都に出てくると聞いて顔を見に来ただけだが。迷惑だったかな？」

「……いえ、そんなことは」

「それは良かった」

良くない。本当は問《と》い質《ただ》したいことがいっぱい思い浮かぶ。

けれど、その話をする時間はなさそうだ。屋敷《やしき》の方から執事がこちらに向かってくるのが見えたからだ。彼は私たちの傍《そば》まで来ると、洗練された礼をしてみせた。

「ご歓談の途中に申し訳ございません。ティア・パーソン様、レイナ様がお客様をお待ちになっております。まずは挨拶をとのことですので、ご同行を願えますか？」

「私が邪魔をしてしまったようだな。また後で話そう、ティア殿」

「えぇ、デリル教官もまた後ほど。行きましょう、皆」

「あ、私もここまでなんだわ！　また機会があれば会いましょう！」

私たちがレイナの下へと向かおうとすると、キャシーがそう言った。するとエミーたちは少しだけ残念そうな表情になった。

「ここでお別れですか、残念です」

「また先生の面白い話を聞かせなさいよね」

「キャシーさん、お元気で！」

「うんうん、貴方《あなた》たちも元気で！」

キャシーは朗らかにそう言って手を振った。すっかり仲良くなったな、と見守っていたところ、キャシーとデリル教官は何かを話しながら離れていく。

……あの二人、妙に親しげだな？　デリル教官もレイナとの関係は濁していたし、キャシーもレイナが何を考えているかはボカしていた。そんな二人が親しげに話している姿に、やはり疑念を覚えてしまう。

「先生？　どうしたんですか？」

「行かないの？」

「……いえ、今行きます」

浮かんだ疑念に後ろ髪を引かれつつ、執事の案内を受けてレイナの下へと向かう。

外の立派さに負けず、屋敷の内装も見事なものだった。ついつい目を奪われてしまうけれど、何故かアンジェが不思議そうに周囲を見渡していることに気付いた。

「アンジェ、どうかしましたか？」

「いえ、立派な内装に目を奪われていただけです。流石はトライル司祭卿だと思いまして。ただ……」

「ただ？」

「……妙に働いている人が少ないと思いまして」

顔を寄せて、ぎりぎり私に聞こえるような小声でアンジェが私にそう言った。

言われれば確かに、人が少ないように思える。単純に姿が見えないだけなのか、本当に人が少ないのか……。

答えが出ないまま歩いていると、執事が足を止めた。足を止めた先にある扉をノックしてから、執事は中へと声をかける。

「レイナ様、お客様をご案内いたしました」

「通しなさい」

すぐに中からレイナの声が聞こえてきた。

執事が扉を開けると、レイナが執務机に向かって高く積み上げられた書類に目を通していた。

レイナは作業の手を止めて立ち上がる。そのまま私たちの前……正確にはアンジェの前まで出てきて丁寧に洗練された礼をした。

「遥々《はるばる》辺境よりお越しくださいまして、心より歓迎致します。アンジェリーナ王女殿下、エミーリエ皇女殿下」

「ご無沙汰しております」

「……どうも」

アンジェは慣れたように、エミーはちらりと私とトルテを見てから素っ気なく返事をした。身分を考えれば、二人への挨拶を先にするのが当然だと思うけれど。

エミーの態度に何かを察したのか、レイナは私の方へと視線を向ける。相変わらず刺すような鋭い視線だ。

「そして、よく来たわね。ティア・パーソンと……トルテ、だったわね？」

「は、はい！」

トルテは緊張しているのか、つっかえながらも挨拶をして頭を下げる。

その瞬間、少しだけレイナの表情が和らいだ。

まるで仕方ないというような、優しげな表情だ。しかしそんな表情が浮かんだのも一瞬のこと。すぐにいつもの表情へと戻っていた。

「久しぶり、という程ではないけれど。来たわよ、レイナ」

「……よくもまぁ、そんな余裕な態度で王都まで来られたものね」

溜息《ためいき》交じりにレイナがそう言うと、アンジェが表情を険しいものへと変えた。

「トライル司祭卿、今回のティア先生の召集についてですが……」

「……王女殿下が心配されるようなことはありません。それも、ティアの態度次第ではありますが」

「では、やはり……」

「ここまでに致しましょう。積もる話があると思いますが、まずは旅の疲れをお取りください。一休みしてからでも遅くはありませんから」

「……そうですね、わかりました」

レイナの言うことは尤《もっと》もだと思ったのだろう、アンジェは反発することなくレイナの提案を受け入れた。

エミーとトルテに視線を向けると、彼女たちもわかったという風に頷く。

「それでは、執事に部屋を案内させます」

「私はレイナと話があるので、三人は先に行ってください」

「先生」

思わず、というようにアンジェが私の服の袖を摑《つか》んだ。不安げに揺れている瞳を見て、私は袖を握っていたアンジェの手を取る。

彼女の手に触れると、少しだけ瞳に映っていた不安が薄れた。

「大丈夫ですから。必要なことがあれば、あとでちゃんと話します。それに、私は個人的な旧交を温めたいだけですから」

「……わかりました」

「……ふん、行きましょう」

「え、えと、それでは失礼致します！」

部屋の外で控えていた執事の先導に合わせて出て行くアンジェとエミー。トルテはその二人を追いかけるために慌てた様子で礼をして、扉が閉じる。

残されたのは私とレイナ。その瞬間、部屋の空気が一気に冷え込んだような気がした。

その原因は、間違いなくレイナだった。彼女は取り繕う様子もなく、不機嫌さを露わにして私を睨《にら》み付《つ》けていた。

「……何が旧交よ、寒気がするわ」

「私もキャシーに同じようなことを言われたから、気持ちはわかるわ」

「勝手に理解したつもりにならないでほしいものね。……それで？　わざわざ王女殿下たちまで下がらせて何を話そうというの？」

「私に言いたいことがあるんじゃないかと思って」

「あるに決まってるじゃない！　一体何をしでかしてくれてるのよ！」

レイナが勢いよく机を叩《たた》いた。書類の山が崩れないかと心配になる程の勢いだったけれど、崩れる気配がなかったことに安堵《あんど》してしまう。

書類に気を取られている間にレイナは私に詰め寄って、指を胸元に突きつけてくる。

「禁域ダンジョンの踏破、それが一体何を意味して、何を齎《もたら》すのか。わからないとは言わせないわよ？」

「ええ」

「……正気なの？」

「私はそう思ってる」

「何も信用ならないわね」

「信用を得るのは難しいものね」

「信用を得たいというなら行動で示しなさい。それが出来ないから信用されないのよ！」

「私が動くと何故《なぜ》か逆に信用されないのよね……」

「客観視が足りてないだけでしょ」

「でも、もし知ってたとしてもレイナは別に私を止めるつもりはなかったでしょう？」

私がそう指摘すると、レイナはピタリと動きを止めた。そして次の瞬間、勢いよく立ち上がって視線だけで人を殺せそうな勢いで私を睨み付けてきた。

「貴方が何をしようとも私には関係ないわ。けれど、それは私に害を及ぼさなければよ」

胸元を掴まれ、喉を食いちぎられるくらいまでに顔を寄せられる。

それでも私が怯《ひる》んだ様子など見せなかったことが気に入らないのか、レイナは突き飛ばすように私と距離を取る。

「覚えておきなさい。貴方の行動で不利益を被《こうむ》るなら、私は容赦なく叩くわよ」

「じゃあ、貴方は何をしようとしているの？　レイナ」

「……何でそんなことを？」

「貴方にとって何をしたら邪魔なのか、それがわからなければ私も貴方に配慮して動くことなんて出来ない」

「……」

レイナは何も答えず、背を向けた。

彼女の視線の先には窓があり、そこから見える景色を見つめているようだった。

レイナが答えない間、私も何も言葉を発さずにじっと待つ。すると、逆にレイナが私に問いかけてきた。

「……私からも聞きたいわね。貴方、本当に諦めてないのね？　〝神々の霊廟《れいびょう》〟に向かうことを」

「諦める理由がある？　私がジェシカを諦めるつもりがないなんて、貴方ならわかっていると思ってるけど」

貴方だってそうでしょう？　と言うように私はレイナを見つめる。

私たちはずっとジェシカと共にいた。決して仲が良かったとは言えない私たちを繋《つな》いでくれていたのは彼女だったんだ。

私がジェシカを思うように、レイナだってジェシカを思っている筈《はず》だ。

「……忌々《いまいま》しい」

ぽつりと、レイナが怨嗟《えんさ》を込めて呟《つぶや》きを零《こぼ》した。振り向いて私を見つめる視線は、凍《い》てついてしまいそうな程の冷たい殺気が込められていた。

もう慣れてしまった視線だ。言葉通り、レイナが私のことを本当に忌《い》まわしく思っているのが伝わってくる。

「昔から、その傲岸不遜な態度が気に入らなかったのよ。そう振る舞っても許される実力もあっただけに、尚《なお》のこと憎たらしい」

くしゃりと、レイナは前髪を摑むようにして顔を隠してしまう。

納得出来ない憤《いきどお》りが彼女を苛《さいな》んでいる。そうとはわかっていても、私から彼女にかける言葉が出て来ない。

「ジェシカは、どうして貴方《あなた》になんか心を開いたのかしら」

「それは、私もそう思う」

本当にどうして私だったんだろう。それは私も疑問だ。

その答えが永遠に得られないとわかっていても、それでも知りたいと願うことは止められない。

「だからこそ、私はジェシカに恥じない人でありたい。彼女の望んだ理想は、私の理想でもある。譲れるものじゃないわ」

どんな理由であったとしても、私はジェシカへの誓いを恥じないものにしたい。私を友と呼んだ彼女を、決して過《あやま》ちだったと言わせないためにも。

レイナは未《いま》だに私を睨んでいる。暫《しばら》く無言で睨んでいたけれど、その視線を隠すように瞼《まぶた》を閉ざして顔を背けてしまった。

「……〝神々の霊廟〟を浄化する。それは私たちが成し得なかったこと。私はどんな形であれ、あの日の失態を拭わなきゃいけない。その点、私と貴方の目的は一致しているわ。互いの目的が一致している間は、貴方のことを邪魔する気はない」

「それが聞けただけ、良かったわ」

私たちの関係は決して穏やかなものではないけれど、互いに背を向け合っている訳ではないことがわかった。それで十分だ。

そう思っていると、ぽつりとレイナが言った。

「……ティア、王家には気をつけなさい」

「王家に？」

突然、何を言い出すのだろうか？　訝《いぶか》しげにレイナを見ていると、レイナは執務机へと向かい、私へと何かの紙束を差し出してきた。

「……この資料は？」

「現在のグランノア聖国に存在するダンジョンの調査報告書よ」

ダンジョンの調査報告書。その名に興味を引かれて、彼女から資料を受け取る。

読み進めていくにつれて、私の表情は険しいものへと変わっていただろう。それ程までに内容が衝撃的だった。力が入りすぎてしまったせいで、紙がくしゃりと歪《ゆが》んだ。

「ここに書かれていることは、事実なの？」

「……ええ」

――何者かが、ダンジョンの世界の歪みを蓄積させようとしている。

レイナから受け取った資料は、要約すればその事実を指し示していた。

思わず正気なのかと疑ってしまった。こんなの世界を破滅させようとしているとしか思えない。

世界の歪みが過剰に蓄積されてしまえば、まずモンスターが強くなる。ダンジョンの構造が複雑化していき、誰もダンジョンが攻略出来なくなってしまう。

そうして浄化されないまま放置された世界の歪みによって更にダンジョンが発生する。

それが繰り返されてしまう……。

どこを切り取っても良いことが起き得ない。それなのに何者かがそれを実行しようとしていることが信じられない。

半ば呆然《ぼうぜん》としている私に対して、レイナが突きつけるように告げた。

「何者かが目的があってダンジョンに手を加えようとしているのなら、邪魔になる存在がいるわね」

「聖女……」

「だから、あの事件が起きたのかもしれない。聖女を排除するために、ね。それが誰の仕業なのかを辿《たど》るのは難しい。だけど私は、王家……いえ、王太子はこの一件に関わっている可能性が高いと睨んでいるわ」

「……レイナ、本気で言ってるの？」

「私がこんな冗談を言うとでも？」

レイナは淡々と告げた。勿論《もちろん》、私も彼女に限ってこんな悪質な冗談を言うとは思わない。

それなら、王太子がダンジョンに手を加えようとしている、しかもあの日の惨劇を引き起こすために手引きをしていたかもしれないというのは……。

「本当に王太子が自ら、あの事件を起こしたというの？」

「確証がある訳ではないわ。でも、何かしら関係を持っていることは間違いないわ。公表出来る程の証拠がないから、訴えることも出来ないけれどね……」

「王太子が何故、聖女を排除する必要があるの？」

「それは、まだ確実なところまで摑めてはいないわ。ダンジョンの拡大による資源の拡充が目的なら、あまりにもダンジョンを放置しすぎているわ。単なる資源の獲得が目的だとするのなら、まだ聖女の出番はあるでしょう」

「聖女を排除しなければならなかった理由がある……？」

私が確認するように問いかけると、レイナは頷《うなず》いた。

頭痛がしてきた。これは、私が考えていたよりも状況が悪いのかもしれない。幾ら政治について聡《さと》くないとはいえ、これがどれだけ不味《まず》いのかはわかる。

聖国にとって聖女とはシンボルとも言える存在だ。その聖女を排除しようとしているのが王家の仕業だとすれば、とんでもなく破滅的な話だ。

「どうして私にこの情報を？」

「万が一、貴方が王太子に付く可能性があると思ってね。上手《うま》く言いくるめられて、その後で背中から刺されて口封じされる可能性だってあるでしょう」

レイナはそう言って、また私の襟首を掴《つか》み上げてから顔を寄せてくる。彼女の私に対する敵意は消えない。けれど、それ以上に強い決意が彼女の瞳に浮かんでいた。

「まだ貴方に死んでほしくないのよ。結果的にではあるけれど、貴方は今、この国の裏で蠢《うごめ》く者たちにとって最大の障害になり得る。敵が排除に動いても不思議ではないわ」

「敵……本当に王家が敵に回った可能性があるの？」

「国王陛下は〝神々の霊廟〟の失敗の後、病に倒れられてお姿をお見せになっていないわ。療養しているとのことだけれど、その治療に聖女は呼ばれないの」

「……国王陛下はご無事なの？」

「聖女筆頭の地位にいる私でも国王陛下に面会することは叶《かな》わないわ。そして治療に呼ばれなくなったというのが聖女の地位が失墜していることを喧伝《けんでん》していると言っても過言ではない」

「陛下のご意思は……」

「わからないわ。それを確かめることも出来ない」

私の問いかけに対して、レイナは静かに首を左右に振った。

そのまま受け取れば、聖女は国王陛下からの信頼を損なったと受け取られる。

または、そのように考えていなくても陛下自身が表に出られないのであれば、その意思が封じられているということだろう。

そして、全てを掌握しているのは王太子だ。勘ぐるな、というのが無理だ。深い溜息《ためいき》が零れてしまう。

「……王太子は、一体どんな人なの？」

「よく言えば剛健、悪く言えば独善的なお方よ。王太子は国王陛下の代理を務めるようになってから、自分を支持する派閥の力を強めて一気に国政を掌握したわ。能力はあるのでしょうけれど、自らに反対する者に対して慈悲を見せたことはないわ」

「それこそ良くも悪くも、なのね」

「ええ。だから貴族たちは王太子に気に入られようとするか、目を付けられないように息を潜めて静かにしているかのどちらかよ」

「息苦しそうね」

「本当にね」

「アンジェと王太子の関係はどうなの？　噂《うわさ》ではあまり良くないと聞いたけれど」

「アンジェリーナ王女と王太子が異母兄妹《きょうだい》であることは知っているわね？」

「それくらいは……」

「王太子は正妃の長男。アンジェリーナ王女は正妃の後に迎え入れた側室である寵姫《ちょうき》のご息女。一応、アンジェリーナ王女は王位継承権は所持しているけど、寵姫の娘である彼女に王位が回るようなことはありえないでしょうね。それでも王太子がアンジェリーナ王女を冷遇するのは正妃の影響だと思うわ」

「正妃の……？」

「正妃が寵姫のことを敵視していたのは有名だもの」

「そんなに仲が悪かったの？」

「国王陛下とは政略結婚の関係でしかないと言われていたのは有名よ。そこに国王陛下が自ら迎え入れた寵姫。……子供でもわかる関係でしょう」

「……愛とは難しいものね」

私には一生、理解出来そうにない。国王陛下、正妃様、寵姫様。この三人の関係がどんなものだったのかも、どうしてそうなってしまったのかも。

「でも、寵姫様はもう亡《な》くなられているわよね？」

「ええ、だから寵姫様の子供はアンジェリーナ王女のみよ。正妃様は今でもアンジェリーナ王女の存在を容認出来ないそうよ。今は陛下の看病に専念するということで、表舞台にも出てきていないのだけど……」

「……それも怪しい話ね」

「そうね。ただ王太子がアンジェリーナ王女を今も冷遇しているのは事実よ。自らの地位を盤石にすることに躍起になっているから、当然と言えば当然よね」

「はぁ」

「……もう少し興味あるように見せて返事が出来ないのかしら？」

「王太子とは仲良くはなれそうにないわね」

先生としては、生徒を冷遇するような人はどんな身分だろうが気に入らないものだ。ましてや、アンジェが冷遇される理由が彼女自身というよりは親の事情だとするなら尚のこと気に入らない。

「そうね。王太子は聖女を排除したいようだし、まず間違いなく貴方《あなた》とは馬が合わないでしょうね」

「……貴方は大丈夫なの？　レイナ」

「貴方に心配されるようなことではないわ」

つい心配になって聞いてしまったけれど、レイナは心底嫌そうな表情で切り捨てた。

「とにかく、アンジェリーナ王女を庇護《ひご》する貴方なら王太子には靡《なび》かないと思うし、王太子も聖女である貴方を厚遇することはないでしょう」

「なら、真正面からぶつかるだけよ」

「不敬罪でも突きつけられたいの？」

「それでも成さなければならないことがあるわ」

証《あかし》がない以上、何が真実なのかはわからない。

だとしても、私がすべきことは明確だ。なら、後は目標にむかって突き進むだけだ。その道に立ち塞がる障害がなんであれ、全て乗り越えていくしかないのだから。

「今回の審問会には王太子も出席するわ。私もいるから、多少は擁護してあげる」

「いいの？」

「貴方が生きていてくれた方が利用価値があるのよ」

「そう。なら存分に利用して」

レイナが手を貸してくれるというのなら、存分に利用させてもらおう。

そう思って言ったのだけど、何故《なぜ》かレイナが表現しがたい程の複雑な表情を浮かべて私を睨《にら》んできた。

今日見てきた中で一番凄《すご》い表情かもしれない。思わず一歩後ろに退いてしまった。

「……どうしたの？　そんな変な顔をして」

「貴方が妙なことを言うからでしょうが！　何よ、その心当たりがないような表情は！」

「心当たりがないもの」

「……ッ、そうね。本当に貴方はそういう奴《やつ》だったわ……嫌でも思い出すわね」

「レイナが勝手に怒ってるだけでは？」

「人の神経を逆撫《さかな》でしておいてしらばっくれるから怒ってるのよ？」

「話が通じない……」

「貴方がね！」

肩で息を荒くしながらレイナがそう言い切った。

レイナとはこうして会話がズレていくことが結構あるのだけど、またやってしまったようだ。これだからなかなか仲良くなれないのよね。

「私だって好きで王太子と敵対したい訳ではないのだけど、そうも言ってられなくなりそうね……」

「どこまで王太子が関わっているのかはわからないけれど、確実に関与しているわ。再三言うけれど、王太子には気をつけることね」

「レイナも気をつけて」

「だ・か・ら！　私の心配なんてしなくていいって言ってるのよ！」

「心配しているだけだからいいでしょう」

「貴方に心配されたら、侮辱されたように感じるのよ……！」

「凄い感性だ……」

「人を変人のように見るんじゃないわよ！　本当の変人は貴方でしょうが！　はぁ、もう本当に疲れる……！　本当に何にも変わってない！」

「これでも成長はしてる」

「どこを根拠に⁉　いえ、別に聞いてないから答えないで。もういいから出て行って」

「わかった」

これ以上怒らせると、今度は手が出るか、物でも投げつけられそうだ。さっさと退散するに限る。

……けれど、やっぱりどうしても言いたくなってしまって、部屋を出る直前にレイナへと声をかけた。

「レイナ。私は勝手に心配するし、貴方が困ってそうだったら勝手に助ける。怒られても、嫌われても、疎《うと》まれてもね。──だから私よりも先に死なないでね」

私がそう言うと、レイナは凄《すさ》まじい勢いで私を睨んできた。すぐにでも怒声が飛んできそうな勢いだったけれど、彼女は何も言わずに私に背を向けた。

「……ハッ、真っ先に死にそうなのは貴方でしょうに。私は貴方なんかと違うのよ」

「知ってる」

「……今度こそ出て行って」

「うん、じゃあね」

最後に彼女の背中を見届けてから、私は部屋を後にした。

だから、その後に呟《つぶや》かれたレイナの言葉を聞くことはなかったのだ。

「──嫌いよ、ティア。貴方を見ていると、どうしようもなく惨《みじ》めになるのよ……」

第五章　対峙《たいじ》

レイナの館で滞在すること数日。遂《つい》に審問会の日がやってきた。

場所は王都の中心であり、政《まつりごと》の要となるエリステル城。その城内にある会議場にて行われることとなった。実際に入るのは初めてだ。王城らしく見事な内装となっていて、荘《そう》厳《ごん》な雰囲気になっている。

「ここが王城……大きいですねぇ」

私と同じように城を眺めていた教え子たちの反応は様々だ。

トルテは口をぽかんと開けて圧倒されており、エミーは大して興味なさそうだ。

その中でぼんやりとして城を眺めているのはアンジェだ。ここは彼女が育った場所なのだから、何かしら思うことがあるのだろう。

「大丈夫ですか、アンジェ？」

「先生……はい、大丈夫です。ただ、久しぶりに城に入ったものですから、色々と思うところがありまして」

アンジェはそう言いながらも、どこか無理をしているように見えた。そう思ったのは私だけではなかったのか、エミーがアンジェの肩を小突いてから問いかける。

「ちょっと、本当に大丈夫なの？」

「え、ええ。……兄も来ると聞いたので、どうしても緊張してしまって……」

「大丈夫ですよ。何があっても私は貴方を守りますから」

「むしろ危ないのは先生なんじゃないかと思うんですけど……」

アンジェは私を心配そうに見つめながらそう言う。そんな彼女の頭を軽く撫《な》でた。

「実際に顔を合わせてみなければわからないこともあります。それに、私だって王太子と積極的に対立したい訳ではないですからね。私のやりたいことを認めてもらえるならそれに越したことはありません」

「そんな簡単に話が進むならいいんだけどね……」

エミーが小さく溜息《ためいき》を吐《つ》いてからぼやく。

まぁ、そう簡単には済まないだろう。レイナから聞いた話を思えば、王太子は私のことを快くは思っていない筈《はず》だ。

一体、誰がダンジョンの世界の歪《ゆが》みを蓄積させているのかはわからない。それに協力しているという王太子もどう関わっているのか。

その出方を見るためにも、この審問会は重要な機会だ。軽く気合いを入れ直して、改めてアンジェたちに声をかける。

「それでは行きましょう。時間も迫っていますからね」

私たちが向かった会議場には、既に何名かが席に着いていた。

その中にはレイナの姿もある。レイナは瞳を伏せて静かにしているけれど、それ以外の者たちは私たちに向ける視線が厳しい。

「……うっ」

「トルテ、しっかりしなさい」

こういった場にはまったく慣れていないトルテが尻込みしているけれど、エミーが励ますように背中を叩《たた》いている。

アンジェはこの空気に負けないようになのか、こちらも張り詰めた空気を纏《まと》っている。

そんな彼女の肩を軽く叩いて、視線をこちらに向けさせる。

「大丈夫です」

「……はい」

私が声をかけたことで少し落ち着いたのか、張り詰めた空気こそ完全に消えた訳ではないけれど、アンジェの表情は和らいだ。

そして、私たちが入ってきた扉とは別の扉から従者と思わしき男が姿を見せる。彼は会議場をぐるりと見渡した後、小さく咳払《せきばら》いをしてから声を張り上げるように告げた。

「サイラス・グランノア王太子殿下、ご入場！」

再び扉が開かれ、姿を見せたのは豪奢《ごうしゃ》な衣装に身を包んだ男だ。髪の色は磨かれた刃のような鉛色で、鋭い印象を与える瞳の色は赤銅《しゃくどう》色。歩く姿だけでも威厳を感じられ、王者と呼ぶに相応《ふさわ》しい威圧感を放っている。

彼が向かう先には、私たちに用意されていたものより豪華で、彼の権威の高さを表すような椅子。

王太子は余裕を感じさせる程、ゆっくりとした動作で椅子に座る。実に様になる姿だ。

「皆、楽にせよ」

王太子がそう告げると、皆が言われるままに力を抜く。その間、彼の視線は真《ま》っ直《す》ぐ私を見つめていた。こちらを探っているのが丸わかりな程に不躾《ぶしつけ》な視線だ。

「そなたが、ティア・パーソン司祭卿《きょう》か」

「お初にお目にかかります、サイラス王太子殿下」

「そなたのような女性が禁域ダンジョンである〝ドラドット大霊峰〟を踏破したとはな。こうして姿を見ると尚更《なおさら》信じられん」

愉快だ、とすら言いそうな様子で王太子は笑った。値踏みをされて居心地が良《い》いとは言えないけれど、反感を買わないよう、感情を表に出さないように意識する。

「それでは本題に入ろう。此度《こたび》の審問会はパーソン司祭卿、そなたにかけられた嫌疑についてだ。先日そなたは王家に対して、禁域ダンジョンに指定されているドラドット大霊峰の踏破に成功したと報《しら》せたな。これに相違ないか？」

「はい」

「卿の言葉が虚偽ではないという証拠は存在するのか？」

「それでは、こちらをご覧くださいませ」

証拠を求められて、私はレイナへと視線を向けた。

事前に証拠を求められることがレイナから報されていたので、ドウェインさんに打ってもらった剣を彼女に預けていたのだ。

レイナが私の視線に気付き、片手を上げると従者が王太子の下へと剣を運んでいく。

「パーソン司祭卿、この剣は？」

「ドラドット大霊峰のダンジョン・コアを用いて名匠ドウェインが作り上げた剣にございます。どうぞお確かめくださいませ」

「名匠ドウェイン！」

「まさか、この剣は彼が……？」

ドウェインさんの名前が出ただけで、会議場がざわめいた。名匠と呼ばれるだけあって、その知名度は計り知れない。

「ほほう？　王都を離れて雲隠れしていた名匠ドウェインか。まさか、そなたの下に身を寄せているとは知らなんだ。……検分せよ」

副官なのか、王太子の傍《そば》に控えていた男が剣を受け取り、鞘《さや》から抜いた。

おぉ、と何人かが感嘆の声を漏らしている。副官は暫《しば》し剣を眺めた後、そっと鞘に剣を戻した。

「確かに、この剣はダンジョン・コアを使用したアーティファクトに間違いありません。剣も名匠ドウェインの作で間違いないでしょう。彼の刻印も本物と思われます」

「待て、アーティファクトだと⁉」

「それは本当なのか！」

「あの名匠ドウェインの剣が、更にアーティファクトになっているなど、一体どれだけの値打ちになるか……！」

引き続きざわめきが収まらないままだけど、王太子は僅かに眉を上げただけで何ら変化はなかった。彼が片手を上げると、騒いでいた貴族たちがしんと静まりかえる。

「成る程。では、この剣が証拠に値する可能性はあるか？」

「十分に」

「では、これを証拠として認めよう。その若さ、しかも聖女でありながら前人未踏の功績を挙げたことになるな？　パーソン司祭卿」

「恐縮です」

何とも可笑《おか》しげに王太子が私に言った。一礼を返すと、唐突に咳払いが聞こえてきた。咳払いの方へと視線を向けると、会議場にいた一人がジロリと私を見た。ここにいるということはそれなりに地位が高い人だと思うのだけど……誰だっけ？

「しかし、疑問でありますな！　何故《なぜ》、既にダンジョン・コアがアーティファクトとして加工されているのでしょうかな！　これこそ審問の場でパーソン司祭卿に問い詰めねばならぬ問題と言えましょう！」

「然様《さよう》。これ程の偉業を王家に報告する前に加工をするのは、ダンジョンの私物化と言えるのではないでしょうか？」

最初の一人が口を開けば、また次の人が口を開いていく。私に向けられる視線に好意的なものは一つもない。この展開は予想していただけに驚きはない。不安そうに私を見つめてくる教え子たちに頷《うなず》いてから、問い詰める彼等《かれら》へと向き直る。

「私はダンジョンを私物化した覚えはありません。しかし、我が領地は既に私とその弟子以外に聖女は残っておらず、騎士たちもまた同様に残っていません。領地を守るために必要な力を確保するため、現地での判断を優先致しました。それが問題だと仰《おっしゃ》るのでしょうか？」

「それが本当に私物化でないとでも思っているのか！」

「であれば、必要な戦力を我が領地に配置していただけるのでしょうか？　それが難しいと、誰よりも理解なさっているのは王太子殿下であると考えていたのですが」

「貴様……！」

「よく理解しているな、ティア・パーソン。だからこそ、王家の確認を取らずとも良いと思ったのか？」

王太子は熱量を増していく者たちとは対照的に、訝《いぶか》しげに思う程に冷静だ。

明確な根拠はないけれど、やはりなんとなく信用が置けない。かといって彼への不信を表に出す訳にはいかない。何を考えているのかわからないからこそ、いつもより慎重にならなければ。

「もしも心からそう思っていたのであれば、こうして御前に姿を見せることはなかったでしょう。私は王家と争うことなど一切考えておりません」

「何を！　上辺だけの言葉なら幾らでも並べられよう！」

「サイラス王太子殿下！　この不届き者へ処罰を！」

「静まれ」

王太子がこれまでとは一転して、押し潰すかのように威圧感を放ちながら告げた。

先程まで騒いでいた者たちはゾッとしたように顔色を悪くし、一斉に黙り込んでしまう。

俯《うつむ》いて震える様を見ていると、何故こうなる前に黙れなかったのかが不思議に思えてしまう。この人たち、何故ここにいるんだ……？

ちらりとレイナの様子を窺《うかが》ってみるけれど、彼女は一切の無表情だった。まさか、いつもこんな空気なんだろうか。それはそれで逆に不安になってしまうのだけど……。

「まったく……其方《そち》たちは何を以《もっ》てパーソン司祭卿を処罰すべきというのだ？」

「そ、それは……」

「パーソン司祭卿は事実、王家へ叛意《はんい》を持っている訳ではないだろう。それは素直にこの場に来たことが証明にもなるし、包み隠さず事実を報告しているのだ。それを疑えば君主の器が問われるというものだろう？」

問いかけるようにして語っているけれど、王太子は別に返事を求めている訳ではないのだろう。

僅かに身を震わせて黙り込む者たちを一瞥《いちべつ》した後、王太子は僅かに笑みを浮かべてから私を見た。

「だが、動揺するのも無理はない。誰が想像すると思う？　まさか、聖女が独力で、踏破が不可能とされていた禁域のダンジョンを攻略するなど。まともに許可を求められたところで誰も許可出来まい」

「しかし、禁域といえどもダンジョンは王家の管理下にあるべきであって……」

「ドラドット大霊峰を王家が管理している等と言えた状況であったか？」

「いえ……」

「であれば、やはりパーソン司祭卿には叛意などない。本人の言った通り、領地の現状を維持するために必要な処置であっただろう」

「サイラス王太子殿下！　そんな軽々しく断定しては……！」

「もしもの話だが、パーソン司祭卿が王家に報告するよりも前にこの事実を民衆へと広めていた場合、その時は王家への背信もあると疑ったがな。しかし、パーソン司祭卿はまず真っ先に王家へ報告を行い、自らの功績を喧伝《けんでん》するような真似《まね》はしなかった。これだけでも国への叛意があるとは考えにくいな」

「ですが……！」

ろだろうがな？」

「ですが、も何もない。まぁ、国への叛意はあらずとも王家には不満があるといったとこ

「……そのように解釈されることもあるでしょう。私はこの国の力になることを望んでいますが、それが王太子殿下の望む道とは異なる恐れがありますので」

「あくまで国のためであり、王家のためではないと」

「王家が国のためを思っているのであれば、私が王家と敵対することなどあり得ません」

「ふむ。もしも其方が敵対するのならば、それは王家が利己的な政策を推し進めているとでも言いたいのかな？」

そこで初めて、王太子の威圧感が私へと向けられた。今まで数多くの殺気を受け止めてきたけれど、彼の威圧感は酷《ひど》く鋭くて、とても冷ややかだ。

そんな王太子に対して、私は臆することなく首を左右に振ってみせる。

「いいえ、王家の判断は国を守るために下した苦渋の決断であることを理解しております。ですが、このままではグランノア聖国には未曽有の災いが迫るでしょう。どんな理由があっても、決してダンジョンは放置してはいけないのです。ダンジョンで得られる資源は確かに有用ですが、利益にばかり目を向けて、既にある脅威を侮《あなど》れば多くの人命が損なわれる恐れがあります。それは結果的に王家の力を弱めることに繋《つな》がりかねません」

「……ふむ。確かに、それは完全に否定出来る話ではない。しかし、だからといってこちらも頷けない話だ。そなたの言う通り、ダンジョンを放置する危険性は十分把握しているし、攻略は簡単なものではないことを理解している。だからこそ、今の聖国には強大な力が必要なのだ。〝神々の霊廟《れいびょう》〟の浄化失敗は大きな傷跡を残した。多くの有望な人命が失われたことに私も心を痛めている」

眉を寄せ、胸の前で拳を握りしめる様は本心から言っているように思える。けれども、事前にレイナから聞いていた話を思えば、彼を心から信用することは出来ない。

「我々が力を得るためには、ダンジョンから得られる資源が必要であり、同時に聖女の数をこれ以上減らさないためにも、今は守りに専念すべきだと私は考えている。国を守るためにも、そなたには私の考えを理解してもらいたい」

「承知しております。その上で私の願いを聞いてはいただけないでしょうか？」

「ティア・パーソン！　厚かましいぞ、不敬にも程がある！」

「良い、許す。必ずしも受けるとは限らんが、このまま応えぬというのも誠実ではあるまい。申してみるが良い」

「それでは。どうか私に危険域にまで世界の歪《ゆが》みが蓄積されてしまったダンジョン、それらを攻略する許可を頂きたいのです」

「ほう。そなたにはどのような考えがある？」

「何も全てのダンジョンを浄化させよと言う気はありません。今後、資源を有効活用していくために残さなければいけないダンジョンもあるでしょう。しかし、有効活用が難しいダンジョンも当然出てきますよね？」

私が問いかけると、王太子は思案するように顎に手を添えた。

「成る程な。つまり、資源採掘の観点において有用ではないダンジョンの攻略をしたいということか？」

「このままダンジョンが増えていくような事態が続けば、思わぬ災厄を育ててしまう可能性があります。それを避けるためにも、どうか私に各地のダンジョンを浄化する許可を頂ければと思っております。その際に私への助力は特にいりません。許可を頂ければ現地での交渉と攻略は自らの責任において行います」

「ふむ。そなたが攻略に成功すれば管理外にせざるを得ないダンジョンの脅威を下げられるが……失敗した場合はどうする？」

「その時は、ただ愚かな聖女が死んだだけかと」

私がそう告げると、王太子は目を丸くした。まるで予想外、そんな表情がすぐに笑みへと変わり、哄笑《こうしょう》する。

「ハッハッハッハッ！　ここまで潔《いさぎよ》いと笑いしか出てこぬな！　ティア・パーソン、そなたの行いは国の方針にはそぐわぬ。その行いによって、下手に憧れを持った聖女が無為に死ぬやもしれぬ可能性は考慮しているのか？」

「承知しております」

「それでも、突き進むか？」

「この道が、聖国の未来の一助になると信じておりますので」

「国がそなたを見放してもか？」

「私は、己の進む道を定めています」

「よくぞ言った。そこまで言うのであれば、私の名の下に許可しよう」

「サイラス王太子殿下！」

王太子の言葉に対して、私に不満の声を上げていた者たちが咎《とが》めるように声を上げた。

しかし、王太子は鋭い視線を向けることで彼等をすぐに黙らせる。気分を害したと言わんばかりに鼻を鳴らした後、椅子の背もたれに深く背中を預けた。

「ただし、そなたが攻略出来るダンジョンは王家の審査を経たものに限る。そして、私はあくまで許可を出すだけだ。その領地を管理する貴族が否と言えば、それを覆《くつがえ》せるものではない。良《い》いな？」

「十分過ぎる程の配慮です。心より感謝致します、サイラス王太子殿下」

私は深々と頭を下げて礼をする。……彼の内心はどうあれ、今は王太子の口から証言が取れたことの方が重要だ。

これで私の目標は果たせたと言える。後は退室するだけかと思っていると、まるで思い出したと言わんばかりに王太子がアンジェへと視線を向けた。

「良い師に恵まれたようだな、アンジェリーナ」

「……兄様」

「己の価値を証明したいのであれば励むことだ。王族の一員として、己の生まれた意味を果たせ」

「……はい」

それは、とても家族とは思えないような冷え切ったやり取りだった。

王太子は観察するようにアンジェを見ていたが、すぐに興味が失《う》せたように顔を背けた。アンジェは緊張を隠すように表情を取り繕っているけれど、その手がかすかに震えているのを私は見逃さなかった。

王太子は席を立ち、ここにいる者たちへと視線を向けて言い放つ。

「此度《こたび》の審問会は以上にて閉会とする」

それが合図だったように、一人、また一人と会議場から出て行く。

私たちもその流れに乗ろうとしたけれど、それよりも先に王太子が声をかけてきた。

「パーソン司祭卿《きょう》、忘れ物だぞ」

「……これは失礼を」

副官からドウェインさんの剣を受け取り、それを私に手渡そうとする王太子。

そのまま剣を受け取ろうとしたけど、何故《なぜ》か王太子が私が差し出した手を握った。突然のことで反応しきれなかった。

「……良い手だな。とても鍛えられている」

「……お戯《たわむ》れを」

「本当に聖女か疑わしいな。そなたがただの騎士であれば、私の傍《そば》に仕えないかと誘ったところだ」

「光栄でございます」

「うむ、今後の活躍を期待している」

今度こそ王太子は剣を返してくれて、そのまま去って行った。

そんな彼の背中を追いかけるようにレイナも部屋を出て行く。その途中、一瞬だけ私に視線を向けた。

その時、レイナが何を考えていたのかは読めない。結局、こちらを一瞥しただけでレイナは部屋を後にしていった。

「……私たちも出ましょうか」

「ええ、そうね」

「はぁ……緊張しました……」

「そうですね……」

エミーは肩が凝ると言わんばかりにぐるぐる回しているし、トルテはお腹《なか》あたりを摩《さす》りながらホッとしている。

アンジェはまだ緊張から抜けきっていないので声が固い。早くここを出た方が緊張も収まるかと思い、一緒に会議場を出た。

「……あれがこの国の王太子なのね」

「エミーは面識がなかったのですか？」

王族と皇族であれば、面識があってもおかしくはないと思っていたけれど、エミーは首を左右に振って否定した。

「会ったことなんてないわよ。……それに、なんかあんまり関わりたくないし」

「……どうしてですか？」

「ただの勘よ、根拠なんて言える理由はないわ。……でも」

「でも？」

「不気味な怖さがあった。何を考えているのか読めないような、そんな怖さがね……」

エミーは警戒心を露《あら》わにした険しい表情でそう言った。

確かに、私も似たような感想だ。王太子の態度はどうしても上辺を取り繕ったものにしか思えなかったのだ。

レイナから事前に話を聞いていたというのもあるけれど、腹に一物があるのは間違いなさそうだ。

かといって、今の状況で積極的に王太子と敵対するつもりはない。ただでさえ国の方針に逆らっているのだから、もっと私の価値を証明していくしかない。そうして味方を集められれば……。

「——あら、アンジェリーナじゃない？」

思考に没頭していると、何者かがアンジェに声をかけてきた。

それは美しい女性だった。瞳の色は淡い黄緑色、髪は赤みがかった金髪で、ロングの髪が優雅に波打っている。大胆にも露出した胸元は今にも零《こぼ》れそうで、蠱惑《こわく》的と表現するのがぴったりと似合う。

身に纏《まと》うドレスは赤を基調に金で縁取られている。その豪華さが彼女の美しさを演出している要因の一つだろう。服を着こなしている、と言えばいいのかもしれない。

彼女に名前を呼ばれたアンジェを見ると、萎縮したように身を竦《すく》めていた。その瞳には戸惑いの色が浮かび、見るからに困っているのがわかった。

そんな様子に気付いていないのか、それとも敢《あ》えて無視しているのか、女性は親しげに声をかける。

「お久しぶりね、元気にしていたかしら？」

「……リリアリス姉様、ご無沙汰しております」

アンジェが呼んだ名前で私はこの女性が誰なのか把握した。

リリアリス・グランノア。グランノア聖国の第一王女であり、先程まで顔を合わせていた王太子の妹にあたる。

アンジェとは異母姉妹だけれど、並べてみると似ているとはとても思えない。

「まさか王城で会えるなんてね。落ちこぼれの貴方《あなた》が一体ここで何を？　あぁ、そう言えばお兄様が審問会を開くとか言ってたわ。貴方が、噂《うわさ》の？」

「はい。ティア・パーソンと申します」

「ふーん……顔は良いわね？　これでとんでもない噂が立つような強さを持っていると？

「女神に愛されてるのねぇ」

リリアリス王女は私の顔を不躾《ぶしつけ》に眺めた後、にっこりと笑みを浮かべて告げた。距離が近いのもあるけれど、ここまで遠慮もなしに観察されては気分が悪くもなる。

するとそんな私の考えを読んだかのようにリリアリス王女はするりと離れていった。

「あら、ごめんなさい。妹が世話になっている方がどんな方なのか気になっただけなの。気に障《さわ》ったのなら許して頂戴」

「いえ、お気になさらずに」

「まぁ、なんて良い方なのかしら。そんな方に妹が迷惑をかけているのではないかと思うと、心が痛みますわ。この子、落ちこぼれだから大変でしょう？」

「アンジェは私の自慢の教え子ですので、困るようなことはありませんよ」

「まぁ、心がお広いのね。そんな貴方だからこそ、聖女という素晴らしい才能を持ちながら、その才能を腐らせるような真似《まね》をしていた妹を育てられたのかしら？」

いちいち棘《とげ》のある言い方をする人だ。あまり聞いていて心地良いものではない。彼女はわかった上でやっている。あからさまにこちらを挑発しているのだ。

「でも、これで肩の荷が下りたわね。アンジェが聖女として生きるというのなら、わざわざ縁談を組む必要もないですし」

「……縁談ですか？」

「ええ。王族として何の務めも果たせないのなら、その身体《からだ》で返すしかないでしょう？」

そう言いながら、リリアリス王女はアンジェの胸元に指を滑らせた。

あまりにも唐突過ぎたので割って入ることすら出来なかった。アンジェはびくりと身を震わせて動けなくなってしまっている。

そんな状況を救ったのはエミーだ。アンジェの肩を摑《つか》んで、自分の背後に庇《かば》うように前に出る。怒りによって顔を赤くしたエミーは、刺すような鋭い視線でリリアリス王女を睨《にら》み付《つ》けている。

「さっきから何なのよ、アンタ……！」

「何、とは？　何か私、失礼なことをしたかしら？」

わざとらしく小首を傾《かし》げながらリリアリス王女がエミーを挑発する。その挑発を躱《かわ》せなかったエミーが拳を振り上げたけれど、それをトルテが勢いよく飛びついて食い止めた。

「エ、エミー！　ダ、ダメです！　落ち着いてください！」

「放しなさいよ、トルテ！　この女、一発ぶん殴ってやる‼」

「まぁ、アシュハーラの皇女様は何を誤解されてしまったのかしら？　私が何か怒らせるようなことを申しましたか？」

「さっきからアンジェを侮辱しているでしょうが！」

「侮辱？　なるほど、貴方はそう捉えてしまったのですね。私にはそのつもりは一切ありませんでしたが、貴方が侮辱と受け取ったのであれば謝罪致しましょう。ごめんなさいね。アンジェも、私を許してくれるでしょう？」

流し目でアンジェを見つめながらリリアリス王女は言った。アンジェは深呼吸で呼吸を整えてから、意を決して彼女と向き直った。

「……そうですね。ただの誤解、行き違いでしょう。謝られることなんてありませんよ、リリアリス姉様」

「ふふふ、ありがとう。心優しい妹で、とても嬉《うれ》しいわ」

全てを呑《の》み込むようにして、平静を保っているアンジェ。そんなアンジェに対して笑みを浮かべ続けるリリアリス王女。

「これで誤解が解けました。よろしいですわね？　エミーリエ皇女殿下」

「……チッ」

「ふふ……それじゃあね、アンジェ。私に頼りたくなったらいつでも言いなさい。貴方にぴったりの縁談を用意してあげるから、ね。貴方の幸せのために……」

アンジェに囁《ささや》くように言った後、リリアリス王女は颯爽《さっそう》とその場から去って行く。

その背中が完全に見えなくなると、エミーが壁に拳を叩《たた》き付けた。必死に怒りを抑え込む様は見ていて危なっかしい。

「……何なのよ、アイツはぁ！」

「堪《こら》えて……堪えてってば、エミー……！　あそこで揉《も》めてたら絶対面倒なことになってたから……！」

「胸くそが悪い！　あんなのが本当にアンジェの姉なの……⁉　性格が最悪じゃない‼」

「……致し方ありません。私は姉様には嫌われていますから」

「大丈夫ですか？　アンジェ」

「ご心配をおかけしてごめんなさい。私は大丈夫です」

先程の深呼吸で落ち着きは大分取り戻せたのか、アンジェは毅然《きぜん》としていた。

エミーはまだ納得がいかないのか、もう一度舌打ちをしている。咄嗟《とっさ》にエミーを押し留めたトルテは深く息を吐き出していた。

「サイラス王太子殿下に、リリアリス王女か……なかなか思い通りには話が進まないかもしれないわね」

ぼそりと、思わず呟《つぶや》いてしまった。どうにも嫌な予感と、些細《ささい》な違和感が気になってしまう。サイラス王太子とリリアリス王女、この二人は一体何を考えているんだろうか？

幕間《まくあい》　蠢動《しゅんどう》

「はぁい、サイラスお兄様！　ご機嫌如何《いかが》かしら？」

「……リリアリスか」

「もう、リリアリスか、じゃないわよ。折角可愛《かわい》い妹が来てあげたのに」

「誰も頼んではいないな」

「つれない人」

ソファに座り、資料を片手に眺めていたサイラスの後ろからリリアリスは両手を回し、抱きしめながら頬を寄せる。

傍目《はため》から見れば仲が良《い》い兄と妹の交流だ。満足げにサイラスに頬を寄せた後、リリアリスは彼が眺めていた資料に指を伸ばす。

「何を見ていたの？」

「ティア・パーソンの調査報告書だ」

「……あぁ、あの女ね。さっき会ったわよ」

「惜しい女だな。もしも聖女でなければ、私の下に来ないかと勧誘したかった」

「……ふぅん」

リリアリスの声が低くなり、ご機嫌だった表情が一気に消え失《う》せていく。

彼女はサイラスの手から資料を奪い取り、無造作に投げ捨てた。唐突に資料を奪われたサイラスは軽く眉を寄せる。

「おい、まだ読んでいる途中だぞ」

「だって、気に入らないんだもの。別にいいじゃない？　どうせ聖女なんて、全員この世からいなくなる存在なんだから。だから、そんな女のことなんて気にしないでさ、もっと私に構って？」

サイラスの隣に腰掛け、首に両手を回して身を寄せるリリアリス。そんな彼女を慣れたように抱き留めながら、サイラスは溜息《ためいき》を吐《つ》く。

「……気をつけろ、まだ表に出していい時期ではない」

「でも、そう遠くはないでしょう？」

クスクスと笑うリリアリス。何を言っても無駄だと悟ったのか、サイラスは何も言わずに彼女の好きにさせる。

そんな中で、ふとリリアリスは思い出したようにサイラスへと告げる。

「そうそう、聖女と言えばアンジェリーナにも会ったわよ。相変わらずね、あの子は」

「そうか」

「サイラスお兄様も会ったんでしょ？　どうだったの？」

「別に、何とも」

「つまらないの」

「俺にとって、何ら価値のない存在だからな。それに、アンジェリーナを気にかけたらかけたで機嫌を損ねるだろう？」

「当然じゃない。あの子だけはダメ」

リリアリスの表情がまた消え失せ、口元に運んだ爪をカリカリと噛《か》み始める。

今にも爪が割れてしまいそうだ。そんな様子を見かねたのか、サイラスがリリアリスの手を掴む。

すると、リリアリスはそのサイラスの手に自らの手を重ねて、指を絡《から》め合う。サイラスを見上げるリリアリスの目には、隠しきれない程の愛情と執着が入り乱れていた。

「サイラスお兄様の妹は私だけでいいのに。聖女の上に、半分だけとはいえ血が繋《つな》がっているんだもの。冗談じゃないわ。本当に疎《うと》ましくて、憎らしくて、堪《たま》らないわ。ただ殺すだけじゃ足りないぐらいに……」

「そうか。アンジェリーナに関してはお前の好きにするといい」

「ふふっ、ありがとうお兄様！　アンジェリーナはね、まだ私が怖いみたいよ？　それはそうよね！　ここを追い出す時に散々虐《いじ》めてあげたもの！」

リリアリスはクスクスと楽しげに笑って、サイラスと指を絡めた手に愛おしげに頬を寄せる。しかし、また表情が歪《ゆが》んで手に力が籠もり、サイラスの手の甲に爪痕を刻む。

「……なのに、まだあんなに元気なの。おかしいわね？　辺境なんかに追いやられたんだから、もっと悲惨な目に遭ってれば良かったのに。そうね、今度はどうしてあげようかしら？　ふふ、そういえばあの魔国の出来損ない皇女と親しげだったわね？　目の前であの子の首でも落としてあげましょうか！　そして言ってあげるのよ！　貴方《あなた》のせいでこの子が死んじゃったって！　そしたらどんな顔をするかしら！　あはは、アハハハハ！」

ケタケタと笑い始めるリリアリス。そんな彼女に対してサイラスは手を解き、彼女の頭に鋭く手刀を叩き込んだ。

するとリリアリスもまたぴたりと笑い声を止めて、不満そうに唇を尖《とが》らせた。

「……ちょっとぉ、痛いわよ？」

「やかましい、少し声を落とせ。妙に昂《たか》ぶるな」

「はぁい……」

「もう少しの辛抱だ。全て順調に進んでいる。そうなれば俺たちの望みは果たされる」

「ふん……あの女が邪魔しなければ、今頃全てが私たちの手の中にあったのにね。本当に聖女ってのは邪魔だわ。死んでも忌々《いまいま》しい……」

「ジェシカか」

ぽつりとサイラスが呟いた名前に、リリアリスが忌々しげに眉を寄せた。

サイラスは瞳を閉じる。今でも目を閉じれば、彼の脳裏に彼女の姿が鮮明に思い浮かぶ。日よりも眩《まばゆ》く光り輝くような、内に燃ゆる情熱を秘めたような女だったと。

「まさか、アレがここまで障害になるとは夢にも思わなかったな。夢見がちのお嬢様でしかないと侮《あなど》った俺の失態か」

「お兄様に恥を掻《か》かせるだなんて、もう一度殺してやらないと気が済まないわね……」

「そうだな。ジェシカ・アルティン、奴《やつ》のせいで〝神々の霊廟《れいびょう》〟の確保に失敗したからな。おかげで計画に大幅な変更が必要になってしまった」

「でも、今度は失敗しない、そうでしょう?」

「あぁ、こんなところで足踏みはしていられないからな」

サイラスはリリアリスの肩を抱いて、リリアリスもまたサイラスに身を寄せる。それは最早《もはや》、兄と妹というよりは、もっと別の関係を思わせるような仕草だ。

「……ふむ、そうだな。もう少し泳がせるのも一興かと思ったが、こちらから仕掛けてみるか。そろそろ目障《めざわ》りになってきた連中もいることだしな」

「あら、炙《あぶ》り出《だ》しちゃうの？」

「あぁ。この際、まとめて排除出来ればそれに越したことはない」

「うぅん、でも悩ましいわねぇ。そうなると私が直接手を下したい気もするけど……」

「それは認められんな。お前に万が一があっては困る」

「もう、お兄様は心配性よね！　それと神経質！　独りよがり！」

「慎重で用心深いと言ってくれ」

「ちぇっ……それなら、裏から手を回すぐらいはいいでしょう？　本当は直接嬲《なぶ》り殺《ごろ》しにしたいんだから」

「その程度なら構わんが、気取られるなよ？」

「あら、気取られたなら消してもいいんでしょ？」

「可能ならば、な。……だが、ティア・パーソンを侮るな」

「……そこまで言わせるの？　根拠は？」

「勘、だな」

「……殺してやりたぁい。お兄様の関心を引くだなんて許せないわ」

「好きなだけ手を回せ、それぐらいは許してやる」

「うふふ、大好きよお兄様！　本当にお兄様の下に集まった人たちって扱いやすくて助かるわ！　程よく愚かなのが最高だわ！」

「褒めるのか貶《けな》すのかどちらかにしろ。勘が良く、頭が回る奴は手綱が操りづらいからな。野心があればある程いい」

「野心が高いせいで、私が狙われてたりするんですけどぉ？」

上目遣いでサイラスを見つめながら訴えるリリアリス。サイラスはそんな彼女の様子に柔らかく微笑《ほほえ》み、彼女の額に自らの額を押し当てた。

するとリリアリスは心地よさそうに目を閉じて、彼とのふれあいを堪能《たんのう》する。まるで、この世界には二人しかいないと言わんばかりに。

「もう少しの辛抱だ、リリアリス。良い子に出来るな？」

「……うん、お兄様。勿論《もちろん》よ」

「この国は変わるさ。聖女に頼り切り、騎士の誇りなどという夢幻に溺れて目が曇った者たちを一掃する。そうしてこそ、初めて俺たちの国を始められる」

「ええ、サイラスお兄様。この世の全ては貴方のために。私たちを望まなかった世界なんて、こちらから願い下げよね」

見つめ合うサイラスとリリアリス。

暗がりに落ちつつある部屋の中で、彼等《かれら》の影が完全に重なっていく。それを阻《はば》む者などこの場にはいないのだ。

「ふふ、楽しみね。父上はどんな顔をするかしら？　お怒りになるかしら？　絶望するかしら？　どっちでも見物ね！」

「好きにしろ。お前が望むのなら、幾らでも与えてやる」

「まぁ！　大好きよ、サイラスお兄様！　これからもずっと、ずっと一緒よ！　私は貴方だけがいればそれでいいの！」

「……あぁ。俺も、お前が理解してくれるならそれでいいさ」

闇に落ちる中で、二人は互いの心を交わし合う。

二人の秘め事そのものを闇の中に隠してしまうかのように。

「――早く焼いてしまいましょうね？　こんな甘ったれた、価値のない国なんて」

第六章　廃都

審問会を終えてから数日後のことである。

正直に言えばもっと手間取るかと思っていたけれど、そんな私の予想とは裏腹に軽やかに話は進んでいった。

何しろ、一番揉《も》めることを覚悟していた王太子が協力的だったからだ。

正式に私が各地のダンジョンを攻略出来る許可証を急遽《きゅうきょ》発行してくれたりと、こちらが拍子抜けする程に準備を整えてくれた。

まぁ、この許可証だけがあっても現地で否と言われればダンジョン攻略に乗り出せない訳ではあるけれど、王家の許可があるのとないのとでは話がまるで違う。

概《おおむ》ね状況は私たちにとって望ましい方向に進んでいるけれど、そんな中で王太子からある提案がなされた。

「先生。あれが、アリステですか？」

「そのようですね」

私たちは今、メイズの背に乗って王都から離れたある都市へと向かっていた。

その目的地というのが、急造というのが目に見えてわかる防壁に囲われているある都市だった。その防壁も街を守るというよりは、街に入らせないためのものだと思わせるような威圧感がある。

見るからに不自然な光景ではあるけれど、だからこそ私たちが王太子にここへと向かうように勧められた理由もわかるというものだ。

「本当に街一つが〝ダンジョン〟になっちゃってるのね……」

ぽつりとエミーが呟《つぶや》く。これこそが私たちがやってきた理由だ。

アリステ。それは都市と都市とを繋ぐ結節点というべき街で、各地から商人たちが立ち寄ることで栄えていた。

しかし、四年前の事件によって多くの騎士と聖女が犠牲になった後、中央の防衛に力を入れて、地方から人材を引き上げるようになった影響を大いに受けてしまう。

モンスターの脅威が高まるにつれて旅商人たちは減っていき、街は寂れていった。最後にトドメとして、街そのものがダンジョンに呑《の》み込まれるという悲劇が起きたのだ。

不気味なのは、具体的に何が起きてダンジョンとなってしまったのか、それがいつなのかもわからないという点だ。

人知れずダンジョンに呑み込まれた街。その存在に気付いたのは、こんな時勢の中でも各地を渡り歩く旅商人たちからの情報提供によるものだった。

最初にアリステを中継点として利用しようとした旅商人が行方不明になる事件が起きた。その商人の行方を捜して後を追いかけた者がおり、ダンジョン化しているとも知らずにアリステへと訪れて、そこでこの状況に気付いたのだという。

その報告を受けた領主が王家に嘆願し、急遽アリステの隔離と監視のために防壁が築かれたというのが、この異様な光景が生まれた経緯である。

「変な感じね……街が見えている筈《はず》なのに、なんか近づけるような気がしないというか、世界の歪みのせいで薄気味悪さが更に際立《きわだ》っているわ」

「噂《うわさ》も相まって、もうこの辺りには人が寄りつかないみたいですね……」

「中継地点であったアリステがこのようなことになってしまったせいで、地方への影響も大きいようですね。それで中央へと身を寄せる者が増えたとか……」

「だからこそ、先生がこのダンジョンを攻略出来れば地方の援助にも繋《つな》がるかもしれないと期待されているんですね」

「えぇ、王家も地方を完全に見捨ててはいないということでしょう」

表向きの話だけで判断をすれば、とは思うけれど。

今、このアリステは王家が管理している。この問題を解決すべき領主が王家に委ねてしまっているからだ。

だからこそ、私がダンジョンを攻略することにすぐ同意出来たのだろう。

これは私たちを試すためでもあるとは思う。試されるだけで済むのなら、ただ乗り越えるだけでいいのだけど……。

そして、今回のダンジョン攻略には私たち以外にも付いて来ている人たちがいる。

私たちはメイズに乗って移動をしていたけれど、彼等は馬車での移動だ。速度を合わせるのにメイズには無理を言ってしまったので、帰る時には思いっきり自由に飛んでもらうことにしよう。

「私たちの支援にここまで来る人たちも大変ね」

「実質は監視のようなものだと思いますけどね」

「私たちが逃げ出さないように、ということですか？」

「証拠を見せても、私たちがドラドット大霊峰を攻略したことを疑う人がいるようですからね。彼等を抑えるためにも必要な措置でしょう。ただ、まさかレイナが来るとは思ってませんでしたけど」

そう、今回の支援現場の監督はレイナが務めているのだ。

聖女のトップとも言うべき彼女が現場に出るだなんて正直驚いているけれど、それだけ重要視していると受け取るべきなのか、他に何か思惑があるのかはわからない。

やはり、私はこういったことを考えるのは苦手だ。ただ肩が凝るばかりで何も解決しない。レイナなどは毎日こんなことの繰り返しなんだろうか、ご苦労なことだ。

そんなことを思いながら、先に現場に入って指揮を執っているレイナの姿を見た。テキパキと指示を出している姿は昔とまったく変わらない。やはり人の上に立つという点において、才能があるのだと思う。

レイナも私たちの存在に気付いたのか、視線を上げてこちらを見る。すると眉を険しく寄せて、無言で開けた場所を指し示す。あそこに着地をしろということだろう。

「メイズ、降りてください」

「ギャア」

着地と同時にまずエミーが飛び降りて、アンジェとトルテが後に続いていく。私も彼女たちの後に降りると、レイナがこちらへと向かってきていた。その眉間には相変わらず皺《しわ》が寄っていて、淡々と声をかけてくる。

「来たわね。もう準備は出来てるのかしら？」

「ええ、すぐにでも行けるわ」

「そう。では、改めて説明しておくけれどサイラス王太子殿下が貴方《あなた》たちに攻略を許可したのはここ、アリステよ。事前に話は聞いていると思うけれど、街そのものが何かしらの要因でダンジョン化しているわ。周囲は防壁を築いて封鎖しているけれど、外にまではモンスターが溢《あふ》れていないらしいわ。ただ、場所が場所なだけに早急な解決が望まれているの。ここまでで質問は？」

「レイナたちが支援に来てくれてるのはありがたいけれど、一時撤退は認められるということでいいのかしら？」

「ええ。但し、今回のダンジョン攻略には日数制限が設けられている。三日、貴方たちの帰還及び浄化が確認出来なかった段階で攻略は失敗と判断されるわ」

「そんな日数で攻略出来ると思われてるのか、それとも最初から出来る訳ないから適当な日数を言われてるのか……」

　ぼそりとそんなことをエミーが呟くと、レイナが鋭い視線で彼女を射貫《いぬ》いた。

　エミーはびくりと身を震わせた後、私の背に隠れてしまう。レイナに冗談や軽口を言うと何倍にでも返されるからやらない方が良《い》いのに。

「三日という期限ですが、それは貴方たちの先生から言い出したことですので」

「えっ、先生が決めたの⁉」

「王太子からどれだけかかるか問われたので。これでも大分余裕だと見積もっていますよ。規模としてはドラドット大霊峰より狭いでしょうし」

「……それでも実現出来るのだとしたら、とても驚異的な話だけどね」

レイナが疑わしいと言わんばかりの目で睨《にら》んでくるけれど、気にせずに無視する。

「それじゃあ、準備が整ったら早速行ってくるわ。レイナ」

「……精々、私を失望させないで結果を出して頂戴」

レイナはただそれだけ言うと、最早《もはや》私たちに興味がないと言わんばかりに颯爽《さっそう》と去っていってしまった。

その背を見て、エミーが何とも絶妙に嫌そうな表情で見送っている。

「……なんか、厳しいのか、気にかけてくれてるのかよくわからない人よね」

「単に素直になれないだけですよ」

「本当にそういう話なの……？」

疑《うたぐ》り深《ぶか》そうにトルテが私を見てくるけれど、敢《あ》えて無視することにした。

レイナが去ると、また別の人が私たちの下へと駆け寄ってくる。誰かと思えばキャシーだった。彼女は相変わらず気楽な様子で声をかけてきた。

「ティア！」

「キャシー？　どうしたの？」

「いや、レイナにアンタ等が不在の間はメイズの面倒を見ろって言われてたから、いない間のことは任せろって言いたかっただけなんだわ」

「そう。食事は私たちがいなかったら勝手に狩りをすると思ってたけれど、キャシーが見てくれるなら安心ね」

「亜竜《レッサードラゴン》が狩りをしているのを目撃されたら、問題が起きかねないんだわ……」

「それもそうね。でもキャシーが引き受けてくれるなら何とかなるでしょ」

「あっさり言ってくれるねぇ！」

ケラケラと笑いながらキャシーは私の背中をバシバシと叩《たた》いてくる。鬱陶しかったので手で払いのけようとすると、今度は肩まで組んできた。

文句を言ってやろうかと思ったけれど、顔を寄せたキャシーの表情が真剣なものだったので止めた。

「……今回の遠征、私たちの他にも王太子たちに近い人たちが何人か同行してるんだわ」

「……大丈夫なの？」

「こっちのことはこっちで解決するって。ティアは自分のことだけ心配していれば良いんだわ。ここで待ってるから、ちゃんと帰ってきて」

「心配されずとも大丈夫よ。私たちが不在の間、メイズのことをよろしく」

「はいはい、心配し甲斐《がい》のない奴《やつ》！　さっさと行って終わらせてくればいいんだわ！」

キャシーは肩を離して、勢いよく私の背中を叩いてから離れていった。結構痛かった。

心配してくれてるから見逃したけれど、次はやり返そう。

そんなことを思っていると、楽しげな忍び笑いが聞こえてきた。誰かと思えば、そこにはデリル教官がいた。

「若いな、君たちは。微笑《ほほえ》ましい限りだ」

「教官？　教官も来ていたのですか？」

「あぁ、レイナ殿の護衛としてな」

もう良い年齢である教官が現場に引っ張り出されてるなんて、そこまで人材が不足しているのかな。

そんなことを考えていると、デリル教官が私をジッと見つめていることに気付く。

「ティア殿。正直、私は君のやろうとしていることは無謀だと思ってしまう」

「……ご心配をお掛けします」

「あぁ、小言を言うつもりはないよ。それに、強くなった君を信じてみたいという気持ちもまたある」

デリル教官はぽんと私の肩を叩いて、優しげに微笑んでくれた。こんな風に接されたことはほとんどないから、何と答えれば良いのかわからなくて言葉に詰まってしまう。

「だから、無事に帰ってきてくれたまえ。老い先短い老人のためにもな」

「何を言っているのですか、まだまだ働けるお年でしょうに」

「遠慮がないな、相変わらず。それではもう一働きすることにしよう。君たちに神の祝福があらんことを！」

最後に私たちへの祈りを口にした後、デリル教官はレイナが去って行った方向へ歩いていった。

……デリル教官の期待を裏切らないためにも、全力を尽くさないといけない。

「さて、エミー、アンジェ、トルテ。準備はいいですか？」

「いつでも！」

「一見、ただの街のように見えても、ダンジョンであることには変わりありません。油断をしないようにしてください」

「見えてる景色に惑わされないようにってことね。わかってるって」

「今回のダンジョンは、私もドラドット大霊峰のように傾向を摑《つか》めている訳ではありません。なので冷静さを忘れず、どんな状況にでも最善を尽くすように心がけてください」

「了解！」

「問題ありません」

「行きましょう！」

さぁ、ダンジョン攻略と行きましょうか。

＊　＊　＊

封鎖のために築かれた防壁の扉を開けてもらい、私たちは早速アリステへと向かった。

街の姿は見えているけれど、蜃気楼《しんきろう》のように、近づいても街に入れるような気配はない。

暫《しば》し走ったところで、ぐにゃりと景色が歪《ゆが》むような感覚があった。踏み越えたような感覚があったから、恐らくここが現実とダンジョンの境目なのだろう。

その先に広がっていたのは——何の変哲もない街並みだった。

背後を振り返れば街の入り口である城門がある。そこから続く大通りには様々な店が看板を並べており、他にも露店のための布張りの屋根が幾つも見える。

そんな賑《にぎ》やかな街並みなのに、人が一切居《お》らずに沈黙が支配していた。それこそが強烈な違和感となって、ここがダンジョンの中なのだと自覚させてくる。

「……なんか、ドラドット大霊峰と違いすぎて同じダンジョンなのかと疑うわね」

「ダンジョンは多種多様ですからね。一つとして同じものは存在しないんじゃないでしょうか？」

「中に入ると、外で見た時からあった違和感が更に酷《ひど》くなりますね……」

「うん。街だけ見れば凄《すご》い都会に来たなって思うけど、人がいないところを見ると、何だか変な気持ちになるね。ここの人たちってどうなっちゃったんだろう……？」

トルテが不安げに言うと、エミーとアンジェが何か言いかけて口を閉ざしたのを見てしまった。

……まず間違いなく生存者はいない。それを口にすべきか迷ったんだろう。

そこまで考えて、ふと気付いた。アンジェは違和感が酷いと言っていたけれど、確かにこのアリステはおかしい。

この不審な点を共有すべきかと考えたけれど、まだ確信が持てない。私自身、もう少し調べたい気持ちがある。

「皆、警戒してください。まずは、ダンジョンの傾向を把握するために偵察を行おうと思います。一時的に拠点に出来そうなところがあれば、そこも確保したいですね」

「これだけ普通の街みたいなのが再現されてると、簡単に見つかりそうだけどね」

「そうやって油断していると足を掬《すく》われますよ？」

「誰が油断してるって言うのよ！」

「あーもう！　二人とも喧嘩《けんか》しない！　先生に置いていかれるよ！」

じゃれ合う三人を引き連れて、私たちは探索を開始した。

やはりダンジョンなだけあって、空間が複雑に捻《ねじ》れている。目に見えている景色ばかりに気を取られていると危うそうだ。

喩《たと》えるのであれば、このダンジョンはアリステという街を何個も複製して、それを無秩序にくっつけたような空間となっている。あらゆる区画をめちゃくちゃに切って貼って繋《つな》げたような迷宮であり、法則性が今のところ掴めない。

これは迷うだろう。足を踏み入れた者が戻ってこなかったというのも、単純に迷って出て来られなくなってしまったのではないだろうか。

そう思うのも、ダンジョンなのにモンスターの気配をそんなに感じないのだ。

「何なのよ、このダンジョン……！　こんな道を覚えられるか！」

「魔法で目印は付けていますが……この風景だけ見ていると混乱しそうになりますね」

「なんか不安になってくるね……」

まったくだ。こうも何も起きず、ひたすら空間に惑わされているというのは疲労と共に精神に負荷を与えてくる。

ただ迷っているだけで不安に呑《の》まれてしまうだろう。私のように世界の歪みの流れを感じ取り、目印の結界をこまめに設置するなどしていれば問題はないだろうけれど。

「先生、こんな風にモンスターを全然見かけないダンジョンなんてあるんですか？」

「えぇ、侵入者を惑わせることに特化しているダンジョンというのは幾つかありますよ。魔国ではそんなダンジョンを隠れ里のように利用していると聞いたことがあります」

「あぁ、そうね。そういった種族の奴らもいるわね」

「へー……そんな平和なダンジョンがあるんですね。世界の歪みから作られてるのに」

「必ずしも世界の歪みが有害かと言われると、そうとは言えませんからね。ただ、決して気軽に扱っていいものではないことは間違いないですが」

だからダンジョンを利用して資源を得ようという考え方にはあまり賛同出来ない。

既に存在するダンジョンを利用するのは構わないけれど、わざわざ増やしてまで利用しようというのは危険な考えだと思う。

それでも求めてしまう人がいるのだろうか。熟々《つくづく》、そういった人たちのことを私は理解出来そうにない。

それからというもの、ダンジョンの探索ばかりでモンスターとはまったく遭遇することがなかった。

エミーは似たような風景ばかりに苛《いら》ついていて、アンジェは黙々と地図を作り込んでいる。こんなところで性格というのは出てくるものだな、と思ってしまった。

そして、トルテはモンスターが出てこないので気が緩んでいるのか、まるで観光客のように店などを見て回っている。別に商品がある訳ではないので、ただ街を歩いているだけで興味がそそられるようだ。

そういえば、トルテを引き取ってから近くの街に連れていってあげることも稀《まれ》だった。

今思えば、もっとトルテに外の世界を見せてあげた方が良かったんじゃないかと思う。

私自身があまり興味がないからといって、トルテの成長の機会になるものを遠ざけてしまうのはよくなかった。

こうして外に出られたのは、そういう意味では良かったのかもしれない。後は大きな問題もなくダンジョンを攻略出来れば良いのに。

……そんな楽観的だったから罰《ばち》が当たってしまったのだろうか。

「……えっ？」

「トルテ？」

不意に、トルテが何かに気付いたように顔を上げる。それに私も気付き、目を向けた。

そこにあったもの、それは青いボールだった。

どうしてボールが？　同じ疑問を感じたのか、トルテも不思議そうに首を傾《かし》げる。その間にもボールは転がり、足下まで来たボールをトルテは拾い上げた。

「――お姉ちゃーん！　そのボールを投げてー！」

お姉ちゃんと、そう呼ばれたトルテがびくりと身を震わせた。

それは間違いなく人の声だった。声はボールが転がってきた階段の上からで、そこには幼い少女がいた。

ここがダンジョンでなければ、ボール遊びをしていた子供として受け入れられただろう。けれど、ここでは何でもない普通の光景こそが異物そのものであった。

「ねぇ、聞こえてないのー？」

「えと、あの、え……？」

「もう！　いいよ、自分で取りにいくもん！」

トルテは突然のことにどうしていいのかわからず、ボールを手にしたまま動けずにいる。

それに対して、少女は業を煮やしたように階段を下りようとした。

そう、下りようとしたのだ。けれど、彼女はその一歩目から足を踏み外していた。

あっ、と。それは誰が漏らした声だろうか。私たちが見ている間に少女は凄《すさ》まじい勢いで階段の一番上から転がってくる。

そして下まで勢いよく転がった後、力なく地面に横たわって動かなくなった。

「あ、だ、大丈夫⁉」

「トルテ！　近づくんじゃない！」

反射だったのか、少女の正体もわからないのにトルテが接近してしまう。咄嗟《とっさ》にエミーが止めようと手を伸ばすも、僅かな距離が届かない。

そして、少女がいきなり起き上がった。

あれだけ派手に転がれば擦りむけていてもおかしくないだろう。実際、少女の肌は痛ましい程に擦りむけていた。

――血も流れず、その肌の下に腐った肉が覗《のぞ》くという悍《おぞ》ましい姿で。

ヒュッ、と。トルテが息を呑《の》んで動きを止めた。

起き上がった少女は腕が奇妙な方向に曲がっていた。足首も一捻《ひとひね》りして、本来であればありえない方向に向いている。そんな状態ではまともに立つことも出来ず、少女はそのまま壊れた人形のように崩れ落ちた。

けれど、その表情は変わらずに笑顔のままだ。

まるで自分がとんでもない状態になっているということにも気付いていないように。

「ボール、返して、ボー、ルルル、わたし、の、ボボボボ、ボール、おねえちゃ、おねえ、おねえちゃ、ボール、わたし、わたしの──」

じゅくじゅくと、音を立てながら少女の肌が再生していく。

まるで時が巻き戻っているかのようだ。折れ曲がっていた腕も、足首も元通りになっていく。

そうして先程見た姿とまったく同じになった少女は、今度こそ呆然《ぼうぜん》としていたトルテからボールを奪い取った。

「ボールを取ってくれてありがとう、お姉ちゃん！」

「あ……あぁ……あぁあああっ……！」

「どうしたの、お姉ちゃん？　どうしたの？　どうしたの？　どうしたのどうしたのどうしてどうしてどうしてどうしてどうしてどうして──」

一歩後ずさったトルテに対して、少女は首を傾げていく。

その首が、ごきりと音を立ててずれていく。がくがくと頭を揺らしながら、少女はゆっくりとボールを落とした。

それを合図にするかのように、少女が奇声を上げてトルテへと襲いかかろうとする。

「バカッ！　立ち尽くしてんじゃないわよ‼」

動けずにいたトルテとの間に割って入り、飛びかかった少女をエミーが全力で蹴り飛ばした。少女、いや、少女の外見をしたナニカは勢いよく壁に叩《たた》き付《つ》けられるも、何らダメージを受けた様子もなくエミーたちに襲いかかろうとする。

「させませんよ」

今度は私が間に合った。少女だったナニカの動きを止めるために腕を摑《つか》んで、そのまま地面に叩き付けると同時に《浄　化《ピュアリファイ》》を放つ。

「アァァアアアアッ‼　アァアッ、アァアッ、アァ？　アァ……ァ……」

《浄　化《ピュアリファイ》》を受けた少女だったナニカは悶《もだ》え苦しんで藻掻《もが》いていたが、やがてゆっくりとその表情が穏やかになり、嘘《うそ》のように静かになっていく。

まるで《浄　化《ピュアリファイ》》を受け入れるように目を閉じてからは完全に沈黙してしまった。すると彼女の身体《からだ》が淡く輝き、その身体が粒子のように溶けて消えていく。

その光景を、エミーたちは呆然と見つめていた。私は彼女が最後まで消えるのを見届けてから、大きく息を吐いた。

「……うっ、おぇ、おぇええええ……ッ！」

「アンジェ⁉　ちょっと、しっかりしなさい⁉」

少女だったナニカが消えた後、アンジェが口元を押さえてその場に膝を突いた。

今の光景に吐き気が堪《こら》えられなかったのか、そのまま身体を震わせている。エミーがすぐに駆け寄っているも、彼女だって顔色が悪い。

そして、トルテは何が起きたのかわからないという表情のまま立ち尽くしていた。漸《ようや》く動いたかと思えば、彼女は残されたボールを拾い上げてジッと見つめていた。

「……先生。今のは、何だったんですか？」

トルテは今まで聞いたことがない程に低い声で私に問いかけてきた。ボールを握っていた手に力が籠もり、今にもボールの形が歪《ゆが》んでしまいそうだ。

こんな風になったトルテを見るのは、私も初めてだ。それに少し戸惑いつつも、彼女の質問に答える。

「……彼女は、人間だったもの、でしょう」

「……人間ではないんですか？」

「ええ、アレはモンスターです。見た目が私の知るものと違いすぎましたが、間違いないでしょう。――〝亡者《アンデッド》〟。未練を抱いて死んだ者が、世界の歪みに変質させられたことによって生じるモンスターの総称です」

幕間《まくあい》　レイナ・トライルの場合

――ずっと、私は貴方《あなた》が嫌いだった。

私は常に期待され、愛されていた人生を送っていた。

何不自由なく、不満もなく。愛する家族がいて、尊敬する友人たちがいて。

このままずっと続くと思っていた。そんなありふれた私の当たり前だった世界を、何も持たない彼女が全て覆《くつがえ》していった。

「そんなに睨《にら》まないでくれますか？」

「……相変わらず生意気ね、ティア・パーソン」

ティア・パーソン。

高い聖女の才能を見いだされ、正式な聖女になるために教会に入ってきた子供。

誰が想像するだろうか？　親もわからず、まともな教育は受けられなかった。それなのに誰もが目を見張るような記録を打ち立てていくだなんて。

ただでさえ聖女として非凡であるのに、ティアは官吏と騎士の授業も受けていった。

聖女に求められるのは慈愛と寛容、嫋《たお》やかに、そして慎《つつ》ましく。そう教えられて育った私には驚きの連続だった。

今まで勉強に触れてこなかった子供が官吏に必要な教養を身につけることなんて出来やしない。攻撃魔法を持たない聖女が騎士になることなんて不可能だ。

そんな風評を物ともせず、ティアはあらゆる分野で頭角を現した。

試験の成績では毎回上位に食い込み、騎士の模擬戦でも剣だけであればトップの座を狙えるだけの実力を見せつけていた。

ティアを侮《あなど》っていた者たちは否応《いやおう》なしに刺激を受けたのだ。それでも、認められずに彼女を腐す者だっていた。

けれど、そんな彼女に憧れを持つ者もまたいた。それが、私の大事な友人だった。

「何やってるの、ティア？　あれ、レイナも一緒だったの？」

「……ジェシカ」

ジェシカ・アルティン。

誰よりも聖女らしい、友達であることが誇らしい友人だった。

光を指し示すように私たちを導いてくれた彼女が、誰よりもティアを認めていた。その事実を、私は誰よりも認められなかった。

「ジェシカからも言ってやってください。この人、事あるごとに私のことを睨んでくるんですよ」

「えぇ？　またなんかティアが失礼なことを言ったんじゃないの？」

「何も言ってませんよ、まだ」

「まだって言っちゃってるじゃん！」

ジェシカの指摘に対して、やれやれと言いたげに肩を竦《すく》めてみせるティア。

彼女が王族に連なる尊き身分だということを理解していないのだろうか？　いや、この女は理解した上でこのように振る舞っているのがわかる。

何という不遜、何という傲慢、何という不敬だろうか。彼女に対して無限に文句の言葉が浮かんできそうだ。

「ティア・パーソン、貴方はもっと他人を尊重するということをしたらどうなの？」

「どうしてそんなことをわざわざ言われなきゃいけないんですか？」

「その態度に眉を顰《ひそ》めている者たちがいるからよ！　問題を起こしたくないなら、節度というものを学びなさい！」

「はぁ……」

「ティア、そんなどうでも良さそうな顔をしてるから怒られるんだよ？」

「努力いたします」

「心が籠もってなーい！」

一体何を考えているのかわからない女と、どうしてそんな女に心を許しているのかわからない友人。

そんな組み合わせに私はただひたすら困惑することしか出来なかった。

だから、私は思い切ってジェシカに尋ねたことがある。

「ジェシカ、どうして貴方はそんなにティア・パーソンに気を許すの？」

「えー？　レイナこそ、どうしてそんなにティアを嫌うの？　直接何かされた訳じゃないでしょ？」

「直接何かされた訳でなくても、立ち振る舞いが気に食いません。私はともかくとして、貴方はもっと敬われるべき立場です」

「もー、私がそういうの好きじゃないって知っているでしょ？」

「好き嫌いではなく、アルティン家の令嬢なのだから仕方ないでしょう？」

悔しいけれど、ティアに悪意がないことはわかっている。単純に私たちに対してそんなに興味を持っていないのだ。ただひたすら己を高めることだけに集中しているから。

その姿勢自体は認めている。高みを目指すのは良《い》いことだと思う。

けれど、ただそれだけでは周囲の反感などを買うのだから意識を改めるべきだと思う。でなければ要らぬ騒動を巻き起こしてしまうのだから。

そして、その騒ぎが起きれば勢いで飛び込んでしまうのがジェシカなのだから、心臓に悪いとしか言えない。

「レイナも素直じゃないよねぇ」

「……何が素直じゃないと言うんですか」

「ティアのこと認めてるなら、もっと仲良くなろうとすればいいのに」

「その実力を認めているのと、認めているからといって好意を抱くかどうかは別の話だと思いますが？」

「そうかな？　意外と気が合うと思うんだけどなぁ」

「……私と彼女では住む世界が違いすぎますよ」

アルティン家には劣るけれど、私の生家であるトライル家も名家に数えられる。

だからこそ、その名に応じた責任を背負わなければいけない。ティアのように何を背負うこともなく、自由に振る舞える人とは違うのだ。

「それでも私たちは人だよ。立場は違っても、見えている世界が違っても、それでも同じ世界に生きてる。そこから目を背けるのは違うんじゃないかな」

「ジェシカ……」

「むしろ、立場なんてなければ良いのにって思っちゃう私には耳が痛い言葉だからね！　レイナの言う通り、ティアには生まれただけで背負わされてる責務なんてないから自由なのかもしれない。でも、その自由はティアを守ってくれるものじゃない。彼女は自分の力だけで生きていかなきゃいけない」

……それは、わかっている。

ティアには家のしがらみのように己を縛るものは何もない。けれど、それは誰も彼女を助ける義理はないということの裏返しだということを。

だからあの女は、どこまでも一人で生きていけるようにしている。それは私だって理解している。

「私たちのように良い家に生まれたら当然恵まれてるよね。だから、その恵まれた分だけ人々に還元しなきゃいけない立場でしょう？　それが貴族の子供として生まれて、更には聖女の力を持たされた私たちの存在意義だから」

「……ええ」

「ある程度、私たちの生き方は決まってる。それを嫌だと思ったことはないけれど、自由がないから諦めなきゃいけないことだってある」

ジェシカは遠くを見つめ、眩《まぶ》しげに目を細めた。眩しいものなんてないのに、それでも目を細めずにはいられないというように。

「でもティアなら、自分で決めたならどこまでも諦めずに進んでいいんだ。そんな自由を羨んでしまうよ」

「……ジェシカは自由になりたいの？」

「ううん、別に今が不満という訳じゃないの。でも、私じゃ手が伸ばせないものがあることをわかってしまったから。だから、私はティアに憧れてしまう。諦めていい理由を前にして、私は諦めてしまおうって思っちゃったから。結局、私はその望みを諦めて、自分に与えられた選択肢の中から自分の生き方を選んだ」

その時、私はジェシカが何を諦めて、何を選んだのかを深くは尋ねなかった。

わかったのは、ジェシカは自ら己の道を定めていたということ。その選択にはティアの影響があったことだけだ。

「それならせめて、自分が選んだ生き方に胸を張って生きたいでしょ？　ティアのように全てを自分で選んで背負える訳じゃないけど、それでも負けないように自分で選んだものは抱えていきたいんだ」

「……よく、わかりません」

「レイナにもいつか、きっとわかる日が来るんじゃないかな？　もしも困ったら相談してくれていいんだからね！」

――そう言って笑った彼女は、私に相談させてくれる前にいなくなってしまった。

あの日の選択は、彼女が既に道を定めていたから選べたこと。あの時の私に同じことが出来たかと問われれば、否だと答えただろう。

じゃあ、もしも……ティアがジェシカの立場だったらどうだっただろう？

いや、ティアのことだ。きっと、全てを救おうとしただろう。それで全てを失うことになったのだとしても、それでも誰かを犠牲にする道を選ぶことはしない。

その分、誰よりも自分が責任を負うだろう。過酷で、誰も背負いたがらない役割を担《にな》うことで。そう、わかってしまった。わかってしまうんだ。

だから、私は――ティア・パーソンが嫌いなのだ。

＊＊＊

「もうティアたちがダンジョンに潜って三日になるねぇ」

「……仕事の邪魔ですよ、キャシー」

「そうは言ってもこっちは何も起きてないんだから、暇じゃない？」

馴《な》れ馴れしく話しかけてくるキャシーに溜息《ためいき》を吐《つ》いてしまう。彼女は聖女を辞めて教会を抜けているので、私の部下という訳ではない。

それでも私の立場を思えば、彼女の態度を許す訳にはいかない。それでも注意する気にならないのは、この不良が私の言うことを聞くとは思えないから。

不思議なものだと思う。ティア程ではないにせよ、私は彼女のことを嫌っていた。強い者には阿《おもね》り、弱い者は虐《しいた》げる。かつての彼女はそんな人だった。それが変わったのは、四年前の事件を経てから。

同じ痛みと後悔を抱えているからこそ、贔屓目《ひいきめ》で見てしまうのかもしれない。

そんなことを考えてしまう自分が滑稽に思えてしまう。傷のなめ合いなんてしている暇はないのに。

「何も起きてないから暇という訳ではありませんので、邪魔しないでください」

「真面目が過ぎるんだよなぁ。おっと、暴力反対！」

「貴方《あなた》はティアのペットの面倒でも見てればいいんですよ」

「あれをペットと呼んでいいものなの？　それに意外と聞き分けがいいんだわ。将来的にどう？　亜竜《レッサードラゴン》での運送業とか」

「貴方もバカなんですか？」

「レイナに言われたくないんだけどなぁ」

「貴方にも言われたくないわ」

まったく、ふざけるのなら場を選んでほしい。……いや、周囲には彼女以外の気配はないので、彼女なりに気を遣っているのか、ただ単に私がこのようなやり取りを好んでいないだけか。

「もう三日経《た》つけど、ティアたちは大丈夫かな？」

「知らないわよ」

「そんな投げやりでいいの？」

「成功しようが、失敗しようが、その結果で動くだけよ。私のすべきことは何も変わらないのだから」

ティアたちがアリステの攻略をする際に自ら提示した期間である三日。

今日がその期限ではあるけれど、まだティアたちは戻ってきていない。このまま戻ってくることがなければ攻略は失敗と見なされる。

「それに、仮に攻略が成功したところで、そのまま話が上手《うま》く進むとは思えないわ」

「だろうねぇ。……多分、この後動きがあるよ」

不意にぽつりと、距離を近づけて小声になりながらキャシーがそう言った。

態度を変えた彼女はとても真剣で、先程までのふざけた態度は消え失《きう》せていた。彼女の報告を聞いて眉を上げてしまったが、すぐに平静を装《よそお》う。

「やはり、このまますんなり済ませるつもりはなかった訳ね」

「深追い出来なかったけれど、さっき王太子から送られた人員の一部が姿を消したんだわ。……どう思う？」

キャシーから問いかけられて、私は思わず溜息を吐いてしまった。

王太子からティアへアリステの攻略を提案されてから、絶対に裏があると思った。私が監視役として同行することを告げても、そこに何の関心も見せなかった。

そして、私の直属の部下ではない、王太子から付けられた者たちが行方を晦《くら》ませた。

やはり動きがあったか。ティアたちのついでに、私も纏《まと》めて始末する気になったのかもしれない。

「あの王太子のことよ。ティアの存在を見逃すようなことをするつもりはないと思っていたわ。あの二人は絶対ぶつかる」

「どうして？」

「どっちも自分が進む道しか見てないからよ。見てれば共通点ぐらい見えてくるわ。だからあの二人は相容《あいい》れない。互いに進む道の障害になることは間違いない」

どちらも頑《かたく》なに自分の進む道を突き進もうとする意志が隠せていない。その道を進むだけの実力もある。だから絶対にどこかでぶつかるのはわかっていた。

「だからこそ、今まで私が放置されてきたのもわかるわ。絶対に怪しんでいない訳がないもの。王太子は聖女を信用なんてしてない。それでも私に何もしてこなかったのは、私が何の障害にもならないからでしょうね」

「……レイナ」

「事実、王太子が意識しているのはティアでしょう。私じゃないわ。私をここに送ったのも纏めて始末するつもりなら、それが都合が良《い》いからでしょうね」

「やっぱりレイナも狙われてる？」

「障害にならないと思っても、鬱陶しいと思っているのは間違いないでしょう。だから、纏めて始末するならこのタイミングよ」

私とティア。どっちも纏めて聖女の失敗として利用するなら今、消すのが理想的だ。

二度とティアのような聖女も生まれてこなければ、私のように王太子の思惑を探ろうとするような真似《まね》をする者もいなくなるだろう。

「それをわかってて止めなかったの？」

「私たちには証拠がないのよ。王太子たちの暗躍のね」

「……だから、ここで敢《あ》えて思惑に乗って暴いてやろうって？」

「ティアがいるからこそ出来ることよ。……癪《しゃく》だけれどね」

私ではここまで劇的に状況を動かせなかった。それを思えば腸《はらわた》が煮え繰り返りそうになってしまうけれど、今は個人的な感情は後だ。

「仮にティアだけ狙われて、アイツが対処出来なくて始末されるならそこまでよ」

「薄情なんだわ」

「でも、そうはならないでしょうよ。少なくともアイツはここで死ぬようなことになんてならない」

「そんなに認めてるならもっと歩み寄ればいいのに。そうすればもっと連携だって……」

キャシーの言っていることは正論だろう。確かにあのお人好《ひとよ》しは私がもっと歩み寄れば幾らでも力を貸すとか宣《のたま》うだろう。実際、そうした方がもっと有利に事を運べたかもしれない。

「四年前、神々の霊廟《れいびょう》で私は何も出来なかった。ただティアに守られて生き延びた。あれからアイツが何をしたのか、貴方も知っているでしょう？」

「……一人でダンジョン攻略を始めたわね」

「あの時から、アイツは一人で戦ってる。誰にも頼ろうともせず。何でだと思う？」

「何でって……」

「私たちが頼りにならないからでしょう。迷惑をかけたくないとか、自分の望みはあくまで個人の願いでしかないとか。元々、自分で何でもやろうとしてた女だからそう思うのも当然の話よ」

ティアは結局のところ、傲慢なのだ。

自分はやったから、やらない人間の気持ちがわからない。

自分は出来るから、出来ない人間の気持ちがわからない。

理解出来ないものは、自分とは違うものだと割り切って自分の世界の外に置く。

だから人との繋《つな》がりが希薄なのだ。そんなティアを嫌う人が出ても当然の話だろう。

「頼れば応えてくれるでしょう。でも、そこまでよ。それは聖女としてありたいアイツにとって必要な行いだから。そこでは個人の感情なんて二の次なのよ」

だから、縋《すが》ってはならない。だって、そうしてしまったら。

「情けないでしょう。一方的に嫌って、認めなかった存在に命を救われて、その上に真実まで隠してアイツの望みを私たちは断ち切ったのよ。責めてもいいじゃない。何で黙っていたんだって。それをティアが責めたことが一度でもあった？」

「……ないんだわ」

「私はティアが嫌いよ。……でもね、それ以上にそんなアイツの望みを断ちきった私自身が嫌いなのよ」

「だから、ティアを頼らないの？」

「これからもアイツが私たちを頼ることなんてないのかもしれない。でも、だからこそよ。だからティアの邪魔になる訳にはいかない。今度こそアイツの道の妨げになるような無様は見せない。……そうでなければ、あの日の謝罪も届かないでしょ」

「……そうね」

ぽつりと、神妙な表情を浮かべてキャシーが静かに同意した。

「レイナは、謝りたいって思ってたんだ」

「だからといってアイツの為《ため》なんかじゃないわ。自分へのケジメのためよ」

「……本当に素直じゃないね、レイナは」

「何か言ったかしら？」

「別に何も……」

「――レイナ殿！」

キャシーと話し合っていると、突如血相を変えてデリル卿《きょう》がこちらへと向かってきた。明らかに只事《ただごと》ではない様子にキャシーと顔を見合わせた。

「デリル卿、何事ですか？」

「実際に見た方が早いだろう、来てくれ！」

デリル卿が危機感を露《あら》わにしたまま告げる。話を聞くよりもその方が早いと言うのなら、彼の言葉に従おう。

そのまま三人で走り出した。周囲には緊迫感が溢《あふ》れる声が飛び交っており、慌ただしく人が動いていた。

デリル卿が私たちを連れてやってきたのは、アリステを監視するための物見塔だ。上へ上ると、飛び込んできた景色に息を呑《の》む。

キャシーに至っては目を見開き、唇を震わせながら掠《かす》れた声を漏らした。

「な、何……アレ……？」

私たちの眼前に広がるのは――見渡す限りを埋め尽くすモンスターの群れ。それがゆっくりと私たちがいる砦《とりで》へと迫ってきているのだ。

一体いつの間に、こんな大群がどこから？　そんな疑問が浮かぶ。確かにこれは見た方が早いという訳だ。

報告されただけで誰が信じるだろうか。こんな絶望的で、非現実的な光景のことを。

「偵察の報告では、あれは普通のモンスターではないそうだ」

「普通のモンスターではない？」

「あれは……全て亡者《アンデッド》だ」

「亡者《アンデッド》⁉　じゃあ、あれ全部死体ってこと⁉　亡者《アンデッド》なら尚更《なおさら》なんでこんなところに湧いて出てきて……！」

「これが、王太子の暗躍の成果ということね」

「こんな都市を埋め尽くす程の亡者《アンデッド》を操ってるって、そんなことがあり得るの⁉」

「実現したからこそ、今こうなってるのでしょう」

キャシーは恐怖からかこの状況を呑み込めていないようだけれど、その一方で私は驚く程に冷静に受け止められていた。

確かに絶望的な光景だろう。王太子が暗躍していることは知っていても、これ程の規模だなんて、想定していた中でも最悪だ。

けれど、臆している訳にはいかない。もしもあんな規模のモンスターが襲いかかってくれば私たちも全滅するだろうし、その後はダンジョンに雪崩《なだ》れ込んでティアたちに襲いかかるだろうから。

ここで食い止めるために、戦うしかないのだ。

「デリル卿、騎士たちの統率をお願いします。指揮は私が執ります」

「うむ、承知した」

「それからキャシー」

「何？」

「貴方《あなた》はティアの亜竜《レッサードラゴン》に乗って、ダンジョンの中にいるティアたちと合流しなさい」

「え？」

「この事態をティアに報《しら》せなければいけないわ。最悪の場合、貴方たちだけでも亜竜《レッサードラゴン》で脱出してもらう必要がある」

「私に逃げろって言うの⁉」

「貴方はここに残るよりも、その方が能力を発揮出来るでしょう？」

キャシーの隠密《おんみつ》能力と情報収集能力は優秀だ。最悪の場合、ここで私が倒れたとしても彼女がティアの傍《そば》にいれば力になれるだろう。

そう思っての指示だったけれど、キャシーは私を強い眼差《まなざ》しで睨《にら》んでくる。

「……ジェシカと同じ真似をするつもり？」

「犠牲になるつもりはないわ。でも、誰かがこの役割を担《にな》わなければならないのよ」

「でも！」

「ここで死ぬつもりがないのは私だけじゃない。デリル卿だってそうだし、私の配下である騎士たちも私や貴方と同じく、神々の霊廟でティアに助けられた者たちよ。だからこそこの場から逃げるという選択肢はないわ。あの日の後悔を繰り返すためにここにいる訳ではないのよ」

私の言葉にキャシーは静かに俯《うつむ》いた。それから肩を震わせた後、勢いよく顔を上げる。

先程までの恐怖に震えた顔でも、私に対して不満を持っているような顔でもない。その表情には覚悟が浮かんでいた。

「そこまで言われたら仕方ないんだわ。私がティアの下へと行く」

「ええ」

「……後でたっぷり文句を言ってやるんだから、死ぬんじゃないわよ！」

「聞いてあげる義理はないわね」

「いいや、聞いてもらうね！　友達として、ね！」

「……下らないことを言ってないで、さっさと行きなさい」

「私への謝罪は安くないってことを思い知らせてやるんだわ！　絶対に、絶対にね！」

キャシーは悪態を吐《つ》くように言い切った後、勢いよく駆け出していった。

その背中を私は見送る。彼女は決して振り返ることはない。そうしているとデリル卿が可笑《おか》しそうに笑い始めた。

「……何をこんな状況で笑っているんですか」

「相変わらず素直になれない人ですな」

「デリル卿まで下らないことを言い始めたら困ります」

「本心は口にしなければ、その思いすらも歪《ゆが》んでしまいますぞ」

「……口にしたところで歪んでいるでしょう。ひねくれ者の私のような言葉はね」

「自覚があるのは良《い》いことで」

「……はぁ。人のことをからかってないで、行きますよ。ここは絶対に死守しなければなりません。でなければ、ティアにもキャシーにも顔向けできません」

そうだ、私たちは生き残らなければならないのだ。

もう二度と、ティアに守れなかった後悔などさせてはいけない。あの悲劇を見逃した者として、絶対に。

「――行きましょう、ここが私たちの戦場です」

第七章　信頼

　ダンジョン化したアリステの街を探索してから三日目。

　あれから私たちは、亡者《アンデッド》化した街の住人と幾度も遭遇することになった。

　肉体が崩れ去った者もいれば、まだ姿を保ったまま生前のように振る舞う者もいた。

　その両者が同じ場所で、何の変哲もなく過ごしている光景だって目にした。あまりにも異常な光景に教え子たちの言葉数は段々少なくなっていった。

　そうしてじっくりと時間をかけながら調査をし、その結果を纏《まと》めるために思考に没頭していると、食事の準備をしていたエミーが声をかけてきた。

「先生、もう期限の日になるけど……まだ確認したいことがあるの？」

　エミーの表情には不安の色がある。自分の考えを纏めてから話そうと思っていたから、それが却《かえ》って不安にさせてしまったようだ。

「……そうですね。もう少し確証が欲しいところでしたが、これ以上調査しても情報を得られないかもしれませんね」

「一体何を確認したかったんですか？」

「……」

「……先生？」

「正直に言えば、貴方たちに話すべきではないと思っています。ですが、真実を知らないこともまた残酷なのかもしれないとも思うのです。だから、伝えるのを躊躇《ためら》っています」

欲を言えばもっと確証が欲しいけれど、それは認めたくないという思いが自分の中にあるからこそだ。

この街に来てからの違和感、一見では生者と見紛う亡者《アンデッド》。それを調べることで見えてきたものは、私ですら口にするのは憚《はばか》られる予想だった。

「……どういうこと？　先生はここで何を確かめてたっていうの？」

「何も知らぬまま、覚悟を決めろというのも難しい話ですが……それでも、覚悟が出来ますか？　何も知らなかったと嘆いても後戻りは出来なくなります。知ってしまえば見えている世界が変わり果ててしまうとしても、貴方たちは知りたいと望みますか？」

「聞くに決まってるでしょ。先生がそれだけ覚悟を決めろって言うんだから相当な話だと思うけれど、先生一人に背負わせるつもりなんて私にはないわよ」

「……そうですね。私も、先生一人に背負わせる訳にはいきません」

「勿論《もちろん》、私もです。先生の力になるために同じ道を進むって決めたんですから」

私はこの子たちの強さを誇らしく思っていたけれど……今は、少しだけその強さを憐《あわ》れに思ってしまう。

それが失礼だとわかっていたとしても、どうしてもそう思うことを止められなかった。

「……わかりました。まず結論から言います。——私は、このダンジョンは人為的に発生させられたものだと考えています」

「……は？」

「……どういうことですか、先生？　このダンジョンが人為的に発生させられた？　一体どうしてそんなことがわかったんですか？」

「ダンジョンに取り込まれた街の状態から推測したんです。ダンジョンは発生地点の環境を写し取ります。ドラドット大霊峰がどれだけ拡大したとしても山であったように。そして、このダンジョンも中心地となったアリステがそのまま再現されていますが……それがそもそも、おかしな話です」

「おかしいって？」

「街の状態が綺麗《きれい》すぎるんですよ」

そう、それが私がずっとこのアリステに抱いていた違和感だった。

「そして、私たちが遭遇した亡者《アンデッド》……彼等《かれら》はこの街の住人だった者たちの成れの果てです。ですが、彼等は初見では人間と見紛う程に状態が良かったでしょう？」

「……はい。それっておかしいことですか？」

「モンスターとなった亡者《アンデッド》は、世界の歪みにその意思を搦《から》め捕られたことで発生すると言われています。だから目撃例がある亡者《アンデッド》というのは、無念の死を遂げた者たちが原形となっている筈《はず》なのです。私が過去に遭遇した亡者《アンデッド》は肉体が損傷していることがほとんどでした。ですが、ここの亡者《アンデッド》は一見生きている人と見間違えてしまう程に状態が良すぎるんです」

「……それが意味することとは？」

アンジェに問いかけられた後、私は深呼吸をしてから告げた。

「これはあくまで私の仮説ですが……アリステの住人たちは意図的に発生させられたダンジョンに取り込まれて――〝ほぼ生きていた状態のまま亡者《アンデッド》に造り変えられた〟。そう推測しています」

しん、と。耳に痛い程の沈黙が落ちてくる。

どれだけ沈黙の時間が続いたのか、それを確かめるのも億劫《おっくう》だった。それだけの重苦しい沈黙を破ったのはトルテだった。

彼女は酷《ひど》く狼狽《ろうばい》し、そして同時に……見たこともない程に怒りを露《あら》わにしていた。

「それって、生きた人間をそのままモンスターに変えたってことですか⁉」

「亡者《アンデッド》は無念の果てに死した者たちです。それ故に生者に対して執着して、攻撃性を露わにするのが一般的です。でも、このダンジョンのは違います。亡者《アンデッド》になっていることも自覚せず、まるで生きているように振る舞っていました。恐らくは、最期を迎えた直前の記憶のまま……」

「一体、誰がそんなことするって言うのよ！　どうかしてるわよ⁉　どんな目的があって、こんな……！」

エミーが嫌悪《けんお》感を滲《にじ》ませながら叫ぶ。ここから先を伝えるのは、本当に気が重い。

「目的まではわかりません。……ただ、犯人は心当たりがあります。レイナから、国内で意図的にダンジョンに蓄積する世界の歪みを加速させている者がいるという情報を聞いていましたから」

「はぁ……⁉　バカじゃないの⁉　そんなことしたらダンジョンが氾濫して、世界がとんでもないことになるじゃないのよ！」

「それこそが目的かもしれません。……ダンジョンが増えれば、ダンジョンから得られる資源は増えますからね」

「……先生？　まさか、嘘《うそ》ですよね？」

アンジェが縋《すが》るような視線を私に向けながら、力なくそう言った。

やはりこうなったと思いながらも、ここで止めることは出来ないのでそのまま告げるしかなかった。

「私は……この惨状を生み出した者にサイラス王太子が関わっていると考えています」

「――嘘です‼」

アンジェは見るからに取り乱して、焦点が定まっていない。そのまま自分の身体《からだ》を抱きしめるように腕を回し、ふらつきながら一歩、二歩と後ろに下がってしまう。

「な、何を言ってるんですか先生……？　兄様が、こんな非道な真似《まね》に手を染めただなんて本気で言っているんですか……！」

「逆に、王太子が主導したと考えれば、王太子が私たちをここに送り込んだ理由も考えられます。私たちを纏めて消すためだと考えれば……」

私が言いたいことをアンジェが気付いていないとは思わない。それはエミーとトルテもそうだったのだろう。案じるように彼女を見つめている。

アンジェは深く俯《うつむ》いて黙り込み、小さく縮こまりながら口元を手で押さえる。支えてやりたいと思うけれど、今は私が手を差し伸べる時じゃない。

「……本当に、兄様が？」

「どこまで関わっているかまではわかりませんが、少なくともアリステの状況は把握していた筈です。そして、もしもここの攻略許可そのものが私たちを抹殺するための策謀なのだとしたら――」

「――ティアッ！」

話の途中で、誰かが私の名を強く呼んだ。同時に私たちの頭上に影が出来たので、視線を上げるとそこに見慣れたメイズの姿があった。

その背にはここにいる筈のない人まで乗っている。どうしてここに彼女たちが？

「……キャシー？　それにメイズ？」

何故《なぜ》？　と私が思っていると、キャシーがメイズが着地するよりも先に飛び降りて私たちの下へと向かってくる。

そのままキャシーは私に摑《つか》みかかるような勢いでもたれかかり、声を荒らげた。

「ティア！　ダンジョンの外に、もの凄《すご》い数の亡者《アンデッド》が現れて！　この状況をレイナがティアに伝えろって……私だけ……！」

「落ち着きなさい！」

動揺しているからなのか、キャシーの話は纏まっていなくて聞き取りづらい。

私が強めに一喝するとキャシーはびくりと身を震わせた後、呼吸を整えるように大きく深呼吸した。

「……ごめん、気が動転してたんだわ」

「確認するわ。アリステの周囲を亡者《アンデッド》が取り囲んだんですか？」

「この目で見てきたんだわ！　あんな数で攻められたら、いくらレイナがいても厳しいかもしれない！」

「何か前兆などは？」

「……っ、それは」

キャシーはそこで言《い》い淀《よど》んで、ちらりとアンジェへと視線を向けてしまった。

アンジェはそんなキャシーの仕草を目撃した。そのせいで先程までの話に確信を持ってしまったのだと私は悟った。

「……それも、兄の仕業なんですか？」

「ちょっ⁉　ティア、もしかして話したの⁉」

「何も知らないよりは良《い》いでしょう。アンジェにも知る権利があるわ」

「状況が悪いって……！」

「それはわかってる。ところで、貴方《あなた》が来たのはこの情報を私たちに伝えるためなの？」

「そうだよ！　あと、それから……」

「それから？」

「……最悪の場合、私にティアたちだけでも逃がせって」

「レイナがそう言ったの……？」

キャシーが静かに頷《うなず》いた。その時、私の心に浮かんだ感情に何と名前を付ければ良いのかわからなかった。

咄嗟《とっさ》に手で顔を覆ってしまう。一体、彼女は何を考えてそんなことを言ったのか理解が出来ない。

そんなことを考えている場合ではないと、そうは思っても切り替えることは簡単じゃない。大きく息を吸い込んで、深呼吸をする。

――しかし、そんな私を嘲笑《あざわら》うかのようにいきなり変化が訪れた。

震動が走り、地面が大きく揺れる。空気が一気に変わって緊迫感が満ちていく。

渦巻くような風は、まるで巨大な何かが呻《うめ》き声を上げているかのようだ。そんな変化に私だけでなく、エミーたちも大きく反応した。

「何っ⁉　次から次へと……！」

「これは……世界の歪《ゆが》みが、このダンジョンの中心点に収束しているようです。恐らくですが、このまま放置すれば暴発します」

周囲の気配を探って出した推測を伝えると、皆が絶句したような表情になる。まったく、本当にやってくれる……！

「ダンジョンが暴発したらどうなるんですか⁉」

「わかりません。ただ、私たちもこのダンジョンに取り込まれる懸念があります。ダンジョンも崩壊するのか、爆発的に拡大するのか、私にも予想が出来ないことが起きるのか。どうであれ放置すれば惨事は免《まぬが》れないでしょう。止めるためには、ダンジョンを浄化するしか……」

問題は内と外の両方で起きている。どっちも急を要している以上、選ばなければならない。それなら優先すべきは内側の問題だ。

そもそもダンジョンが暴発したら全てが終わりかねない。だから、向かうべきはダンジョン・コアの方だ。

でも、そうすればレイナたちを見殺しにすることになるかもしれない。いいや、最速でダンジョン・コアを片付けて、レイナたちが持《も》ち堪《こた》えてくれれば……。

――もし、それで間に合わずにレイナたちが死んでしまったら？

まるでもう一人の自分が囁《ささや》いてくるかのようだ。苛立《いらだ》ちに任せて、その声を振り払う。成すべきことはわかっている。優先順位を間違えてはいけない。だから指示を出さないといけない。

「皆、聞いてください。今、私たちがやらなければならないのはダンジョンの浄化です。ダンジョンの暴発は最優先で止めなければなりません」

「でも、私たちがダンジョン・コアに向かったら……」

トルテが私を案じるように問いかけてくる。それが嫌でも現実を認識させてくる。

私は、レイナたちを助けには行けない。その事実が私に重くのしかかる。それでも言わなければならない。

そうして口を開こうとしたところで、私よりも先にエミーが口を開いた。

「何悩んでるのよ、先生」

「……エミー？」

「トライル司祭卿《きょう》を助けに行きたいんでしょ？」

「……それは」

「だから言ってよ、ダンジョンは私たちに任せるって。それとも私たちが戻ればいい？　でも、それだとメイズの負担になるから先生一人で戻った方がいいでしょ？」

「エミー、でも」

「でも、じゃない！　それ以外にどっちも助ける手段があるって言うの⁉」

エミーが私の胸ぐらを掴み上げ、至近距離で睨《にら》み付《つ》けてくる。

私の迷いを見透かされている気がして、彼女の視線から逃れられなかった。

「トライル司祭卿を助けるのも、ダンジョン・コアを止めるのもどっちもやらなきゃいけない！　でも、先生は一人しかいない！　手を伸ばせてもどっちかだけだ！　でも、それは先生が一人だったらの話でしょ⁉　だったら頼りなさいよ！　信じなさいよ！　本当は全部、助けたいんでしょ⁉」

助けたい。けれど、それを安易に口にすることは出来ない。

そんな私に対して、エミーはただ強く訴えかけてくる。私の迷いを揺さぶる程に。

「迷うな！　信じられるか、信じられないか！　助けたいのか、諦めるのか！　今、浮かんだ気持ちをそのまま言え！　それとも、私たちはまだ守られないとダメなの⁉」

「エミー……」

「私たちのこと、信用してくれないの⁉　無理なんかしない！　最悪、時間稼ぎに徹すれば先生を待てる！　それが私たちには出来るって！　本当に思えない⁉」

どんと、胸ぐらを摑み上げていた手で胸を強く押された。一瞬呼吸が苦しくなる程の力だ。私を突き放したエミーは、今度はアンジェへと視線を向ける。

「アンジェ！　アンタも落ち込んでないで言ってやりなさいよ！」

「……エミー」

「それとも、このままただの足手まといになりたいの⁉　それがアンタのなりたかった姿⁉　先生に話さなければ良かったなんて、そんな後悔を自分にさせたい⁉」

猛《たけ》る彼女を、一体誰が止められるというのだろうか。今、この場の中心にいるのは間違いなくエミーだった。

決して絶望なんかしない。前へ、ただ前へ進もうとする強い意志を直接叩《たた》き付けられているようにさえ感じる。

「私は許さないわよ！　こんなところで死ぬのも！　こんなふざけた企《たくら》みを許すのも！　全部、全部！　叩き返してやらないと気が済まないでしょうが！　こんな外道どもに好き勝手にされてたまるもんですか！　だから、今！　戦うしかないのよ！」

「そうです、先生！」

「トルテ……」

「頼りないのはわかってます！　先生にまったく敵《かな》わない私が何を言ってるんだって思うけど、それでも気持ちはエミーと一緒です！」

トルテは強く拳を握りしめて、胸に手を置きながら決意を滲《にじ》ませた顔になっていた。

「初めてこんなに許せないって思ったんです！　だから！　負けたくない！　何にも！　こんな奴等《やつら》の思い通りになんてさせたくない‼」

エミーとトルテの訴えが、どうしようもなく胸に突き刺さる。

信じていいの？　それでももしも、この子たちを失ってしまったら、私は後悔せずにいられる？

そんな葛藤は、また揺さぶられることになる。俯いていたアンジェが顔を上げたからだ。

その顔には、やはり決意が浮かんでいた。

「……ごめんなさい、エミー、トルテ。情けないところを見せました」

「アンジェ」

「確かに、落ち込むのは後でも出来ます。生きていれば、生きてさえいれば……！」

くしゃりと、悲痛に顔を歪めながらアンジェはそう言った。けれど、その瞳に宿る意志が陰ることはない。

彼女は立ち上がったのだ。そして選んだのだ。苦しくても今は戦うのだと。

「兄様がそんなことをしたなんて信じられない……こんな形で人の命を弄んだなんて、信じたくない。でもそれを確かめるためにも、今は生きるために戦う時です！　私は足手まといになるためにここに来た訳じゃない！」

「そうよ、先生！　無謀を承知で言ってる訳じゃないの！　出来るって、そう信じてるし、信じてほしいの！　だから！」

「──私は、見送るのはごめんです。もう、たくさんです」

声の震えは、隠せただろうか。

人と縁を結ぶこと。それが、改めて重いのだと感じた。それだけ私にとって、この子たちの存在はこんなにも大きくなっていた。

だからこそ失いたくない。死んでほしくない。でも、ここで任せなければ、ずっと彼女たちに後悔を与えてしまう。

乗り越えてくれるだろうか？　不安はある。それでも信じよう。この子たちは、自慢の教え子たちなのだから。

「お願いします、エミー、アンジェ、トルテ。貴方たちはダンジョン・コアに向かって守護者を倒し、ダンジョンを浄化してください。私はレイナたちを助けに行きます」

　私がそう言うと、エミーは今度こそ満面の笑みを浮かべた。

「……ええ！　最初からそう言いなさいよ！」

「決して無理だけはしないように。最悪、時間を稼ぐだけでもいいのです。世界の歪みを浄化すれば暴発を遅らせられるかもしれません。貴方たちの言うように、生きてさえいれば可能性は残ります。だから、どうか……」

「先生の出番なんてないわよ、信じてなさい！」

「そうです！　早く行ってください！」

「また後でお会いしましょう」

　ちゃんとまた会える。そう言われる度に不安が顔を出しそうだけど、無理矢理押し込める。今、伝えるべきなのは私の不安なんかじゃない。

「――ありがとう。本当に、ありがとうございます」

　どうか感謝をさせてほしい。全てが終わった後に喜びを分かち合わせてほしい。だから私も成し遂げなければならない。彼女たちだけに頑張らせる訳にはいかないのだから。

「キャシー、戻りますよ！　メイズ！　全力で飛んでください！」

「……ッ、アンジェリーナ王女！　エミーリエ皇女！　トルテちゃん！　皆、皆で生きて再会しましょう！　絶対に！　貴方《あなた》たちに女神の加護があらんことを‼」

私とキャシーはすぐさまメイズへと飛び乗り、私たちが乗ったことを確認したメイズは力強く吼《ほ》えて、その身を空へと舞わせた。

——レイナ、今すぐ向かうから。あっさりと死んでいたら許さないわよ……！

どうか間に合ってくれと、心から女神に祈る。

そして、レイナを思いながらも、どうしても思い浮かぶ面影があった。

——ジェシカ。私は、もう貴方の時のように友人を失いたくない。

気持ちが逸《はや》るまま、空を駆ける。

この祈りがどうか届きますようにと、そう願いながら。

第八章　払暁《ふつぎょう》

「……行ったわね」

「ええ」

「うん」

私がそう言うと、アンジェとトルテが相槌《あいづち》を返した。私が見つめる先で、先生たちを乗せたメイズが小さくなっていく。

ここに来てから、衝撃的なことばかりが起きた。それは今も続いている。正直、ふざけるなという気持ちで胸がいっぱいだ。

そんな状況でもやらなければならないことは迫ってくる。感情的になってなんかいられない。深呼吸で自分を落ち着かせてから、私はアンジェとトルテを見た。

二人の表情は真剣そのもの。きっと私も同じ表情を浮かべているという確信が、こんなにも今は頼もしい。

気合いを入れるために胸の前で拳を掌《てのひら》に小気味よい音と共に打ち付ける。

「私たちもやるべきことを果たしましょうか！　行くわよ、アンジェ！　トルテ！」

「ええ！」

「行こう！」

三人で同時に駆け出す。向かう先はこのダンジョンの深淵《しんえん》にして中心部。

もう探るまでもない程に世界の歪《ゆが》みが渦巻き、吸い込まれていく。その中心点こそが私たちの目指すべき場所だ。

息苦しくなるような重圧に襲われるけれど、私たちは足を止めることなく真《ま》っ直《す》ぐ突き進んでいく。

そして、空中に不自然に浮かんでいるダンジョン・コアが目視出来る距離まで来ると、その前に不気味な影が立ち塞がっていた。

その姿は人型で、闇より這《は》い出《で》たかのような真っ黒な全身鎧《よろい》を纏《まと》っている。鎧の形は歪《いびつ》で禍々《まがまが》しく、正気を疑うような造形をしている。

鎧の中身には肉体があるのかと疑うように闇そのものが詰まっていて、瞳に当たる部分に怪しげな光が灯《とも》っている。

手に握られている剣も、血が葉脈のように走っていて悍《おぞ》ましさと気味悪さがこれでもかと詰め込まれていた。

「あれが、このダンジョンの守護者ね……！」

「随分と趣味が悪い……」

「あれも亡者《アンデッド》なのかな？」

「さぁね。でも、そうだと思った方が楽かもね……！」

「とりあえず、死霊鎧《リビングメイル》とでも呼びましょうか」

距離を詰めるのを止めて、警戒しながら死霊鎧《リビングメイル》の様子を観察する。

私たちが近づいても反応せず、ただそこから微動だにしない。けれど、見られていると
いう気配はずっと感じている。

冷たい刃がずっと喉元に突きつけられているような、そんな殺意。間合いに入ればすぐ
にでも動き出しそうだ。

ぶるりと身体《からだ》が震えたのは、恐怖か、それとも武者震いか。どっちでもいい、震えてい
る暇なんてないのだから。

「最初から全力で行くわ！　陣形はいつものように、私とアンジェで前に出る！　トルテ
はサポート！」

「わかっています！」

「《祝福《ブレス》》、行くよ！」

トルテが杖《つえ》を構えると、二つの光が飛び出す。片方は私へ、もう片方はアンジェへ。光が同化するように私へと溶けていき、身体の奥底から力が湧き上がってくる。勢いを殺さないまま、まずは私が先んじて死霊鎧《リビングメイル》へと殴りかかる。

「はぁあああッ！」

私が接近したことで死霊鎧《リビングメイル》がようやく動き始める。余裕とも緩慢とも取れる速さだったので、私の拳があっさりと通る。

鎧の堅い感触が拳に返ってきて、思わず顔を顰《しか》めそうになる。これでも魔法で強化しているのに、まったく通った感覚がない。これ程の堅さなら、癪《しゃく》ではあるけれど余裕を見せるのも納得してしまう。

「ッ、堅い……！」

「エミー、下がって！」

言われるままに距離を取った私に代わってアンジェが死霊鎧《リビングメイル》へと向かっていく。

死霊鎧《リビングメイル》の動きはゆらりと揺れるのみだけど、アンジェが振るった剣を弾く時にだけ勢いよく加速して、逆にリズムが摑《つか》みづらそうだ。

アンジェも同じ思いだったのか、表情を苦々しく歪めながら距離を取ろうとする。その一瞬の隙を突くように、前のめり気味に死霊鎧《リビングメイル》が上段から剣を振り下ろす。

死霊鎧《リビングメイル》の急激な加速。対応したアンジェは体勢を崩してしまい、受け止めながらも膝を突く。そのまま死霊鎧《リビングメイル》は剣を押し込もうとアンジェに対して体重をかけていく。

「くっ……！」

「アンジェ！」

押し合いになっている間に死霊鎧《リビングメイル》の懐《ふところ》に飛び込んで、掌底を叩《たた》き込む。

弾《はじ》き飛《と》ばすために繰り出した一撃は狙い通りに行ったけれど、まともに一撃を受けても死霊鎧《リビングメイル》は物ともしていないように見えた。

「助かりました、エミー……！」

「礼はいいわよ」

「二人とも！　大丈夫⁉」

アンジェが態勢を立て直すのと同時にトルテが駆け寄ってくる。初手はどうにも上手《うま》くいかなかった。この死霊鎧《リビングメイル》、今まで経験したことがないタイプの相手だ。

「トルテ、私の一撃が全然通ってない気がするんだけど、どう思う？」

「私も手応えらしい手応えがありません。中身がないようにさえ思えてしまいます」

「二人もそう思った？　私も後ろで見てたけど、あの鎧の中身が揺らめいているようにしか見えなかったんだよね。中身に肉体がある訳じゃないのかも……」

「チッ……厄介な相手ね……！」

これなら先生がドラドット大霊峰で戦った悪魔竜の方がわかりやすかった。強さだけで言えば悪魔竜の方が強いのだろうけれど、どうにも相手にし難《にく》い。

「でも、勝てない相手じゃありません」

「ハッ！　こちとら先生に鍛えられてるのよ！　それに比べれば、お前なんかにッ！」

再びアンジェと共に駆け出す。

二手に分かれて、左右から挟むように位置を取る。死霊鎧《リビングメイル》は曖昧に揺れるだけで、明確にどちらかを相手にしているようには見えない。

私たちはそのまま周囲を巡りながら、手で合図を出し合う。先に仕掛けたのはアンジェだ。アンジェが距離を詰めたことで死霊鎧《リビングメイル》は再びそちらに反応する。

アンジェは攻め込むように見せかけて、死霊鎧《リビングメイル》が振るった剣を押さえ込む。鍔《つば》迫《ぜ》り合《あ》いになった瞬間、叫んだ。

「エミー！　今です！」

その叫びが出るのと同時に、私は全力で一歩を踏み込んでいた。先生から教わった移動法で一気に距離を詰めて、死霊鎧《リビングメイル》に手を当てる。

「滅法堅くて打撃が通らないなら、これはどうなのよ！」

私は吼えながら同時に全力で《浄化《ピュアリファイ》》を叩《つ》き付ける。世界の歪みの塊であるコアの守護者に対して特効とも言える効果を発揮する《浄化《ピュアリファイ》》。これで力を削《そ》いでやる！

私の狙いが的中したのか、アンジェと鍔迫り合いをしていた死霊鎧《リビングメイル》の身体が震え出した。アンジェを突き放すためか、乱暴に剣を弾き飛ばして私に摑みかかる。

「動きが丸見えなのよッ！」

私を摑もうとした手を、逆に摑み返す。その勢いを殺さぬまま、一本背負いで死霊鎧《リビングメイル》を持ち上げて地面へと叩き付ける。

追撃に更に《浄化《ピュアリファイ》》をしようとしたけれど、死霊鎧《リビングメイル》は人型とは思えぬ奇っ怪な動きで起き上がった。手足の関節が奇妙な動きをしている様は嫌悪《けんお》感しか湧き上がらない。

腕の力だけで逆立ちになり、そのまま全身を回転させて私を蹴り飛ばす。咄嗟《とっさ》に防御が間に合ったけれど、距離が離れてしまった。

その間に死霊鎧《リビングメイル》はぐにゃぐにゃと手足を蠢《うごめ》かせて体勢を立て直す。ガシャガシャと鳴り響く鎧の音がもの凄《すご》く耳障《みみざわ》りだ……！

「この……！　その鎧の中身は軟体か何かなの⁉」

「動きが奇っ怪すぎて気味悪さが跳ね上がりましたね……」

「二人とも、言ってる場合⁉　来るよ！」

トルテの警告通り、今度は死霊鎧《リビングメイル》から私たちに向かって突撃してきた。

すぐさまトルテが安全圏まで下がっていくのを見届けた後、アンジェと並んで死霊鎧《リビングメイル》を睨《にら》み付ける。

「どう攻める？　鎧を幾ら傷つけても効果はなさそうよね」

「やはりエミーの《浄化《ピュアリファイ》》が効果的かと。私もやってみますが、どうしても貴方《あなた》の出力には負けるので」

「じゃあ、サポートは任せた！　行くわよッ！」

一気に踏み込んで、真正面から死霊鎧《リビングメイル》へと向かっていく。

死霊鎧《リビングメイル》は滑らかな動作で私に剣を振るう。先程の回避で見せたように関節が妙な曲がり方をするので軌道が読みづらい。

でも、避けることにさえ専念してしまえば苦労する程ではない。今すべきなのは攻撃を当てることじゃなくて、《浄化《ピュアリファイ》》で弱体化させることだ。

「ハッ！」

振り下ろされた剣を根元から摑むことで勢いを殺し、そのまま《浄化《ピュアリファイ》》を叩き込む。

死霊鎧《リビングメイル》は《浄化《ピュアリファイ》》の光を嫌うように暴れて、振り払われてしまう。その隙を突いて背後から忍び寄ったアンジェが《浄化《ピュアリファイ》》を纏わせた剣を鎧の隙間へと突き刺した。

今度はアンジェに狙いを定めた死霊鎧《リビングメイル》は刺された剣を引き抜いて、首を狙うように剣を振るった。

身を低く屈《かが》めてアンジェが回避するも、死霊鎧《リビングメイル》が仰《の》け反《ぞ》るようにして身体を傾け、鞭《むち》のようにしなった足が彼女を蹴り上げた。

「アンジェ！」

「問題ありません！」

間に合ったのか、それとも予測していたのか、アンジェは《結界《バリア》》を展開して蹴りを防いでいた。

本当に体勢を崩したと思っても、予想しない動きで反撃してくるから腹が立つ奴《やつ》ね！

「鎧を着込んでるくせに……くねくねしてんじゃないわよッ！」

《浄化《ピュアリファイ》》の光を拳に纏わせ、《結界《バリア》》で保持する。先生やアンジェほどの精度で展開は出来ないけれど、これぐらいなら私にだって！

今度は死霊鎧《リビングメイル》と真っ向から殴り合う。相手の攻撃を誘い、その攻撃を叩き落とすように突き返す。こちらは《結界《バリア》》で、相手は鎧によってダメージはないように見えた。

しかし《浄化《ピュアリファイ》》を纏っている分、こちらの攻撃は相手に浸透している。その証拠に頭部を顎から打ち上げるようにして決まった一撃が、相手に蹈鞴《たたら》を踏ませた。

「よし、良《い》いのが入った！　畳みかけるわよ‼」

「行きますよ、エミー！」

隙を窺《うかが》っていたアンジェと入れ替わり、交互に攻撃を加えていく。

私の拳が、アンジェの刃が、死霊鎧《リビングメイル》をどんどん削り、へこませていく。中身に見える闇の揺らめきが強くなり、鎧《よろい》の外へとはみ出ているのが多くなったように見えた。

これは弱っている証《あかし》なんだろうか？　そう思った瞬間、唐突にトルテが叫んだ。

「エミー！　アンジェ！　なんか嫌な予感がする、下がって！」

「何ッ⁉」

頭は疑問でいっぱいだったけれど、身体は自然と距離を取っていた。

次の瞬間、死霊鎧《リビングメイル》が仰け反りながら両腕を広げた。鎧から零《こぼ》れていた闇が溢《あふ》れ出《だ》して、モヤが糸のように細くどこまでも伸びていく。

「な、何⁉」

「攻撃ではないようですが……！」

細く伸びていくモヤは私たちの方へは伸びて来ない。むしろ、近づけばこちらを嫌うように避けていく。

一体これは何だと思っていると、変化は彼方《かなた》から訪れた。

「エミー！　あれは……！」

「亡者《アンデッド》たちが集まってきてる⁉」

四方八方に伸びていたモヤが、まるで糸で吊《つ》り下《さ》げるようにして運んできたのは街にいた亡者《アンデッド》たちだった。

モヤに吊り下げられた亡者《アンデッド》たちは糸が切れてしまった人形のように脱力をしていて、とても異様な光景を作り上げていく。

「まさか数で攻めようっていうの⁉　でもね、幾ら数を集めたところで……！」

亡者《アンデッド》の力は既に把握している。だからこそ、数で攻められたところで対処出来る自信はあった。そう思ったからこその言葉だった。

しかし、そんな私の予想を裏切るように事態は変化を続けていく。

亡者《アンデッド》を吊るしていたモヤが、そのまま亡者《アンデッド》たちの首を絞め始めたのだ。

「……は？」

唐突に始まった光景に呆気《あっけ》に取《と》られてしまう。次の瞬間、耳を劈《つんざ》くような絶叫がこの場に響き渡った。

黒いモヤに首を絞められた亡者《アンデッド》たちは苦悶《くもん》の表情を浮かべて、モヤを外そうと首を掻《か》きむしっているが、それは自分の身体《からだ》を傷つけるだけに終わっている。

「……なに、これ」

悲痛な悲鳴が無数に聞こえる。神経を直接逆撫《さかな》でするような合唱に足が竦《すく》む。

このダンジョンに入ってからというもの、異様な光景は何度も見せられてきた。けれど、これは今まで以上に悍《おぞ》ましい光景だ。

男がいた。女がいた。子供がいた。老人がいた。皆、揃《そろ》えたように苦悶の表情を浮かべており、悲鳴を上げ続けている。

「――――ッ‼」

その悲鳴が最高潮を迎えた時、亡者《アンデッド》たちに変化が訪れた。その肉体がボロボロと崩れていき、真っ黒へと染まっていく。

モヤと同化していくように変化していく亡者《アンデッド》たちは、血の涙を流しながらわめき散らしている。その声が変質していき、耳を塞がないと立っていられなくなる。

「ッ、あぁ、あぁぁあああっ⁉　な、何なのよ、この声は……‼」

「み、耳が……！　壊れる……⁉」

何とか気合いで立ち続けているけれど、何が起きているのかさっぱりわからない。理解しようとしても、頭が理解そのものを拒もうとしているかのようだ。

「エミー！　下がって！」

「トルテ……!?」

「私はアンジェほど広範囲に《結界《バリア》》を張れないから！　早く！」

トルテが杖《つえ》を支えにして、膝を突いてしまっているアンジェを庇《かば》うように立っていた。

私はすぐさま飛《と》び退《の》くようにしてトルテの下へと向かうと、私たちを覆うようにトルテが《結界《バリア》》を展開する。

《結界《バリア》》のお陰か、先程よりも亡者《アンデッド》たちの声が響いて来ない。今まで大きく息を吸うのも忘れていたように喉が動き、長い息が零れた。

そこで漸《ようや》く大量の汗をかいていたことに気付いた。それ程までに戦《おのの》いてしまったのか。

そう思えば情けない限りだ。

「トルテ……助かったわ」

「ううん。私、二人よりはこういうのに耐性があるみたいだから。良いのか悪いのかわからないけどね……！」

「さてね？　少なくとも助けられてる以上、何も言わないわよ……！　アンジェ、アンタは大丈夫なの？」

「……ッ、ご、ごめん、なさい……！」

手で顔を覆って、今にも蹲《うずくま》ってしまいそうなアンジェの顔色は蒼白《そうはく》だった。

身体は小刻みに震えて、どこからどう見ても大丈夫には見えない。そう思わせるだけの光景は今も続いている。

トルテが妙に強いだけで、普通はアンジェのようになってもおかしくない。

悔しさを感じながら《結界《バリア》》の外を睨むと、亡者《アンデッド》たちはすっかり元の面影を失ってしまっていた。輪郭があくまで人の形を残しているのが最後の名残といえる。

その亡者《アンデッド》たちに絡《から》みついていた黒いモヤは、その色を濃く増していた。そして、その中央に鎮座する死霊鎧《リビングメイル》は段々その存在感を増しているように感じる。

その瞳の部分に揺らめく妖しい光が、まるで笑っているかのように歪《ゆが》んだ気がした。

「あいつ……！　まさか、ここにいる亡者《アンデッド》を取り込んでるの⁉」

「じゃあ、こ、この悲鳴って……！」

アイツの糧《かて》にされて、生前の姿まで失っているということなのかもしれない。

なら、この悲鳴がどういう意味を持つのか……そこまで考えた時、亡者《アンデッド》の一体がより強く悲鳴を上げた。

トルテの結界で緩和されていた筈《はず》の悲鳴が、そのまま結界を抜けてくるかのように響き渡る。

「あぁ、ぁあああ……ッ！」

声が耳から入り込んで、そのまま頭の中を掻き混ぜているかのようだ。

それで漸く確信した。これはただの悲鳴じゃない……！　最早《もはや》、これは魔法だ。とても胸くそが悪くなるような、とびっきりの悪意の籠もったものだ……！

伝わってくるのだ。命の灯火が完全に消え去っていく恐怖が。自分が何者かわからなくなってしまっていく。全てが闇に塗りつぶされて、自分を見失ってしまいそうになる。

「ふざけた真似《まね》をしやがって……！」

こんな呪いじみた魔法を使ってくるなんて、趣味の悪さを極めたようなモンスターだ。

歯が砕けそうになるぐらい噛《か》みしめていると、遂《つい》に耐えられなくなったアンジェが頭を抱えて蹲ってしまう。

「あ、あぁぁ、いやぁあああああああああああっ!?」

「アンジェ!?　しっかりして、アンジェ！」

トルテが必死に呼びかけているけれど、アンジェは動けそうにない。子供のように小さく震えている姿に舌打ちが出そうになる。

「いや……いや……死ぬのは、いや……いやなの……！　言うことを、聞くから……！許して……許して……！」

「何を言ってるの、アンジェ!?」

「トラウマを抉《えぐ》られてるんでしょ！　これはそういった性質《たち》の悪いもんよ！　死の感覚を無理矢理植え付けられて、それに近い記憶がある場合それまで連想させられてる！　トルテは何も感じないの⁉」

トルテは私の指摘に一瞬、びくりと身体を震わせた。それから何か悩むように眉を寄せた後、苦しげに言った。

「ごめん……なんか、平気……！」

「なんか悪いことを聞いたわ……！」

何の説明にもなっていないし、どうして耐性があるのかさっぱりわからない。でも、この状況でトルテが取り乱していないのはありがたい。

正直、私もキツい。本当に最悪な相手だ。反吐《へど》が出そうになる。

「どこまでもクソ野郎ってことじゃない……！　あんの王太子……！」

アンジェが死に対してここまで怯《おび》えているのは、過去にそれだけの経験をしてきているということだ。それを耐えろだなんて、アンジェ本人でもないのに言える訳がない。

だからといって、ここで揃って倒れる訳にはいかない……！

「トルテ、アンジェを守ってて！　私がやる！　まずは亡者《アンデッド》の数を減らすわ！」

「エミー⁉　一人じゃ危険だよ！」

「そうも言ってられないでしょ！　あの死霊鎧《リビングメイル》とアンジェは相性が最悪なのよ！　せめて起き上がれるくらいまで影響を減らさないとじり貧になる！」

「でも、結界から出たらエミーまで……！」

「私たちがやるって先生と約束したでしょ！」

私は思わずトルテの胸ぐらを摑《つか》んで、額をぶつけ合う距離まで近づく。

「ダンジョンではどんな理不尽が起きるかわからない！　だからどんな状況でも乗り越えられるように先生は私たちを鍛えてきた！　そうでしょう⁉」

「……それは、そうだけど！」

「ここで倒れたら、先生の教えが無駄になる！　先生に後悔させる！　そんなこと出来ると思う⁉」

私がそう言った瞬間、トルテの表情が歪んだ。わかっているでしょ、それは出来ないんだって。そしたら、私たちはあの人の背中を追うことすら出来なくなる。

先生は私たちに任せて、託してくれたんだ。その約束を破ることは出来ない。だからどんなに苦しくても、戦い続けなきゃいけない。

「やれるわね、トルテ⁉　アンジェを絶対に復帰させる。それまで保たせる！」

「……わかったよ！　それは絶対に果たす！　だからエミーも！　必ず生き残って！」

「当然よ！　勝つために、ここに残ったんだから‼」

それがどれだけ強がりだったとしても、最後まで突き通せばいいのだ。

覚悟は決めた。楽な道じゃない。一歩踏み外せば死ぬかもしれない。それどころか届かないかもしれない。

それでも、この道を突き進むことが私の選択だから！

「私が出たら速攻で結界を閉じなさい、いいわね！」

「わかってる！　《祝福《ブレス》》も行くよ！」

「どんと来い！」

前を睨《にら》む。背中にトルテの《祝福《ブレス》》を感じて、漲《みなぎ》る力をそのままに開いた結界を抜けて外へと躍り出る。

結界で遮られていた悲鳴が直接、私の精神を掻き乱そうとしてくる。死への恐れが足を竦ませようとしてくる。

生きている以上、死は恐ろしいものだ。そんなのよくわかっている。けれど、この程度の苦痛で足を止めている暇なんてないのよ！

「こんのぉっ‼」

まずは近くにいた亡者《アンデッド》の一体に近づき、《浄化《ピュアリファイ》》と共に一撃を叩《たた》き込む。

力を吸い取られていた亡者《アンデッド》は脆《もろ》い炭のように砕けて、灰のように散っていく。

生きていた筈の者が、こんな無残な死を迎えている。その事実を改めて目の当《ま》たりにしたことで怒りがどんどんと湧いてきた。

いつものようにただ日常を過ごしていただけの人が、悪意によって突然終わらせられて、その骸《むくろ》まで利用し尽くされている。

その事実を見逃せるのか？　いいや、出来ない！

「この外道が……！　どうしてこんなことが平然と出来るのよ、お前らはぁッ‼」

私が次々と亡者《アンデッド》を浄化しようとすると、亡者《アンデッド》たちが黒いモヤに振り回されるようにして私に向かってくる。

まるで道具のように叩き付けられる亡者《アンデッド》に、更に怒りが湧いてきた。

そうだ、怒れ。恐怖を塗りつぶす程に！　足を止めるな、こんな無残に利用されてきた人たちのことを思え！　この外道の行いを、決して許すな！

「私はアンタ等《ら》をこうした外道どもを一発ぶん殴らないと気が済まないのよ‼　こんなこと、許しておけるか‼　だから、邪魔をするなぁッ‼」

一体、また一体と亡者《アンデッド》が砕けていく。心なしか、声の勢いが弱まってきたように思う。

このまま行けば、と思いかけた私に頭上から強襲する影があった。

転がるように回避すると、死霊鎧《リビングメイル》が剣を振り下ろした姿勢でこちらを見つめていた。

その気配は先程よりも濃密で、こちらを威圧してくる。ごくりと喉を鳴らすのと同時に死霊鎧《リビングメイル》が再び踏み込んで私を狙ってきた。

その速度は、先程とは比べものにならない。咄嗟《とっさ》にガントレットに《結界《バリア》》を重ねて剣を受け止めるものの、そのまま腕を持って行かれそうだった。

「こいつ……！　亡者《アンデッド》を吸収して、更に強く……！」

こちらの攻撃が通らない防御力に、予測が難しい柔軟性。攻撃の威力は脅威という程ではないけれど、無防備で受ければ致命的。

さっきまではこっちの攻撃に合わせて防御し、隙を見つけたら予想しない攻撃を織り交ぜてきたけれど、今は苛烈に攻撃してくる。

アンジェがおらず、私一人だからなのかもしれない。《浄化《ピュアリファイ》》を叩き込もうと試みているけれど、相手が先程よりも堅すぎてやはり通っている気がしない。その状況に誰よりも自分が苛立《いらだ》っていた。

「くそ……！　どうして、先生みたいに出来ないのよ……！」

死霊鎧《リビングメイル》に比べたら、先生の方がもっと強い。先生だったら苦もなく倒せた。

そう思うからこそ、先生に全然届かない自分の実力に失望してしまう。

威力が足りない。速度が足りない。魔法の精度も足りない。何もかもが足りず、理想が遠く離れていく。先生だったら、先生だったら、先生だったら――！

「エミー！　避けて！」

「ッ⁉」

突如聞こえたトルテの警告で、散漫になりかけていた意識が戻る。次の瞬間、何かが頭を強く強打して視界が揺れた。

何をされたのかがわからず、そのまま地面に倒れ込む。ぐらりと視界が揺れ、口の中を切ったのか血の味が広がっていく。

ぐらりと視界が揺れるけれど、動きを止めることだけは出来ない。立ち上がろうとして、迫ってきた死霊鎧《リビングメイル》の一撃を腹部にまともに受けた。

「あ、がッ……⁉」

めきめきと、鈍い音が身体《からだ》の中から響いてくる。声も出し切れない程の激痛が走る。

そのまま視界が回り、殴り飛ばされたのだと認識した時には天を仰いでいた。

呼吸する度に喉に血が絡んで咳《せ》き込んでしまう。まともに息が吸えず、起き上がろうとしても頭がクラクラしてふらつく。

そんな状態でも、トルテの声だけははっきりと聞こえた。

「エミー！　今助けに——」

「——来るなッ‼」

自分でも驚く程の声が出せた。この状態でこれだけ声を出せるなら、まだ戦えるな。

そんな冷静な自分に、何故《なぜ》か笑いそうになってしまった。最早、笑うしかなかったのかもしれない。

そんな思考が中断されたのは、無造作に頭を掴まれたからだ。死霊鎧《リビングメイル》は片手で私の頭を掴み、そのまま持ち上げていく。

今度は頭が割れそうな程に力を込められて、咄嗟に死霊鎧《リビングメイル》の手を両手で掴む。けれどもビクともせず、ゆっくりと力を込められていく。

「ぐう、あっ……ぁぁぁあああああああああああっ！」

痛みで勝手に足がバタつく。涙が滲《にじ》む視界は、死霊鎧《リビングメイル》の目代わりに灯《とも》る光を鮮明に認識させる。

それが笑みのような形を象《かたど》っているのが、何故かわかってしまった。

こいつ、笑っているんだ……！　人が、藻掻《もが》いて苦しむその様を……！

「く、そ……‼」

このままでは頭が潰される。何とかしなきゃいけない。でも、何も考えられない。

負ける。負けたら、どうなる。私は、このまま死ぬの？　先生との約束も果たせないまま、こんなところで……！

――苦痛からの解放は、唐突に訪れた。

視界の端で光が煌《きら》めいた。その光が私の視界を遮り、頭にかけられていた圧力が一気に消えてなくなった。

そのまま尻餅をつくように落下して、見上げた視界に見えたのは美しい金髪。

顔色は真っ青で、手足はまだ震えている。でも、その瞳はギラギラとした意志がハッキリと浮かび上がっている。

「遅い、のよ……！　アンジェ……！」

「ごめんなさい、エミー。ここからは私が代わります」

アンジェはそう告げて、死霊鎧《リビングメイル》へと駆け出した。すぐに剣戟《けんげき》の音が聞こえてくる。

意識が朦朧《もうろう》としていて、いつ気絶してもおかしくない。そんな私の意識を繋《つな》いでくれたのは、抱きつくような勢いで飛び込みながら《祝福《ブレス》》をかけてくれたトルテだった。

「エミー！　しっかりして！」

「……トルテ……早く、治療を……」

アレは、アンジェ一人では手に余る。

アンジェは《結界《バリア》》に長《た》けているし、攻撃を受け流すのが上手《うま》い。でも、それだけじゃ死霊鎧《リビングメイル》は倒せない。

何よりアイツだって本調子じゃない。それなら、早く助けにいかないといけないのに。気だけが逸《はや》って、全く追いついてこない身体に苛立ちばかりが募る。

「……ちくしょう」

――どうして、私はこんなにも弱い？

追いつきたい背中は遠すぎて、こんなところで無様に転がる自分が情けな過ぎる。

何がヴィーヴルだ、何が皇族だ。最強と呼ばれる種族に生まれて、何故こんなにも情けない思いを味わっているんだ。

「エミー！　まだ動かないで！」

「やっぱり……先生じゃないと、ダメだったの……？」

「しっかりしてって！　変な譫言《うわごと》を呟《つぶや》いてないで！」

「私は……なんで、こんなに弱い……」

――ぱん、と。勢いよく頬を張られた。

その衝撃で一気に目が覚めた。傷が治癒されて遠ざかっていたからこそ、じわじわ広がる痛みが現実を取り戻させてくれる。

トルテは鬼のような形相で私を睨み付けていた。そのまま額をぶつけて、頭突きまでお見舞いしてくる。コイツ、痛いっての……！

「弱気になってどうすんの、このバカ！」

「……トルテ」

「一緒に戦ってるんでしょ！　私も、アンジェも間に合ったでしょ！　エミーが頑張ってくれたから間に合ったの！」

間に合った。そうだ、剣戟の音は今も聞こえてくる。

アンジェは戦っているんだ。私がこんなにも腐っている間にも。

「弱くなんてない、エミーはちゃんと強い！　でも、貴方《あなた》も、私たちもまだ強くなれる！　もっと強くなろうって！　皆でそう誓ったでしょ！　だから一人で戦ってる気にならないで！　必要だったら幾らでも力を貸すから！」

……そうだ。

それは、さっき私がトルテに言った言葉じゃないか。

なんで、それを忘れてしまうのか。どうしようもなく苦笑が零《こぼ》れてしまう。

「……そうね、弱音を吐いてる場合じゃないわ」

「目は覚めた⁉　じゃあ、もうちょっとジッとしてて！」

「うん……」

思ったより、私も精神的ダメージを受けていたのかもしれない。

一番小柄で、割と小心者のくせに、この状況で一番強く振る舞えているのはトルテかもしれない。

それが、今はとてもありがたい。だからこそ冷静になれた。

考えろ。状況が不味《まず》いのは変わりがない。私とアンジェは死霊鎧《リビングメイル》を倒す術《すべ》を持っていない。力を合わせても時間稼ぎをするので精一杯だろう。

それはそれでいい。今の私たちが出来ることではある。けれど、それで勝てるかと言われればそうじゃない。

「もっと《浄化《ピュアリファイ》》の出力さえ上がれば……」

死霊鎧《リビングメイル》の外側を攻撃しても意味がないことはもうわかっている。だから内部を《浄化《ピュアリファイ》》することで弱らせるのが一番の方法だ。思わず先生だったらどうするのか考えてしまうけれど、首を左右に振ってその考えを追い出す。

改めてわかった。私に先生の真似《まね》なんて出来る訳がない。

先生はあらゆる技術を高水準に鍛え上げ、それを神がかったバランスを保つことで力を増幅させ、常に最高効率で力を有効活用しているんだ。

それは息をするように聖女の力を扱いこなせなければ辿《たど》り着《つ》けない境地だ。聖女の力と真剣に向き合って日が浅い私には逆立ちしたって無理だ。

「何でもいい……何か、手段が一つでもあれば……」

ほんの一瞬だけでも、先生のような力が出せれば。理想は《聖霊剣《セイバー》》を使った先生だ。あれを使うにはアーティファクトを犠牲にしなければならないけれど……。

「……アーティファクト」

何かが意識の隅に引っかかった。

先生の剣は、ダンジョン・コアを用いたアーティファクトだ。あれ程の強さを発揮するためにはそれを触媒として使い潰さなければならない。

ダンジョン・コアとは世界の歪《ゆが》みが集まって出来上がったものだ。そのダンジョン・コアを聖女の力で浄化することで聖具となる。

つまり世界の歪みは、聖女の力に変換出来るという訳だ。

そうだ。そこが引っかかったんだ。

世界の歪みを浄化することによって、聖女の力に転ずるのなら。

私は何だ？　世界の歪みに適応して生まれた魔族で、魔族でありながら聖女として生まれた異端の存在だ。

私に適応している筈《はず》の世界の歪みは、どうなってしまっている？　消えてなくなってい
る？　それなら私はただの聖女として生まれてきたんじゃないの？
ヴィーヴルでありながら聖女である。その私の象徴であるものがあるとすれば——。
「……角」
自分の角に手を伸ばしてみる。そうだ、これこそが私がヴィーヴルである証《あかし》。
私は間違いなく魔族だ。同時に世界の歪みに適応している筈の魔族に生まれた聖女でも
ある。
世界の歪みを、聖女の力に変換出来るというのなら。ダンジョン・コアを用いて作り出
した聖具が、聖女の力を高めるというのなら——。
「エミー……？」
熱に浮かされるかのように、私はそっと自分の角に《浄化《ピュアリファイ》》の力を込める。
途端に——視界が澄み渡った。
どれだけ頭を悩ませた問題でも、一度気付いてしまえばこんなものかとあっさり思って
しまうことがある。
今、私は正にそんな体験を味わっていた。思わず高笑いをしそうになる程に。
「そうか、そういうことだったんだ」

いつからか、自分がヴィーヴルであるということに向き合っていなかった。だから見落としてしまっていたんだ。

魔族はあらゆる環境に適応し、自分を進化させていく種族。ヴィーヴルはそんな魔族の性質を特に強く持ち合わせている。

それならば、聖女の力に適応した私はどんな存在なのか？

「――全ては女神から生まれて、最後には女神の下に還《かえ》る。仕組みってのは思ったよりもよく出来てるって訳だ」

「エ、エミー……⁉　それ、どうしたの⁉　エミーの角が、凄《すご》く光ってるんだけど⁉」

そう。トルテの指摘通り、私の角は今強く光り輝いている。

私がヴィーヴルである象徴の角、ヴィーヴルとしての力の使い方。それを、今ようやく理解出来た。

この角こそ――私が生来持って生まれてきた〝力の触媒〟なのだと。

どうして先生に認められる程の《浄化《ピュアリファイ》》の才能を持って生まれてきたのか。

――私は〝自身が持つ世界の歪みをそのまま聖女の力に変換出来るヴィーヴル〟だ。

仕組み自体はアーティファクトと同じだ。つまり、私自身が生きた聖具だと言える。そんなの笑ってしまうような事実だけど、もうそうとしか説明のしようがないのだ。

《浄化《ピュアリファイ》》の才能があるとしか言えないだろう。

環境に適応するのではなく、全てを原初の状態に戻す。ある意味では究極の適応であり、適合しすぎた故に普通のヴィーヴルとしては生まれられなかった。

なんて皮肉なんだろう。そして、だからこその祝福でもある。

あぁ、湧き上がる喜びのせいか思考がただ止め処《ど》もなく溢《あふ》れていく。笑っている場合ではないのに、こんなにも笑いたくなってしまう。

「トルテ、ありがとう。先生も、アンジェも、皆がいてくれたから気付けた」

私の存在の価値を、私が求めて止《や》まなかった武器を。私は漸《よう》く手に出来た。

さぁ、感傷に浸っている場合じゃない。アンジェを一人にはしていられないから。

「行くわよ、トルテ！」

「えっ、う、うん！」

まだ戸惑いの抜けないトルテに声をかけつつ、私は勢いよく駆け出した。

向かう先ではアンジェと死霊鎧《リビングメイル》が切り結んでいた。そして、私の接近に気付いた死霊鎧《リビングメイル》が勢いよくこちらに視線を向けた。

なんとか拮抗《きっこう》していたアンジェが勢いのまま突き飛ばされて転がっていく。どうやら私への対処を優先したらしい。

「脅威だと思ってもらえるなら、何よりよ！」

「エミー⁉」

アンジェが私を呼ぶ声を耳にしながら、真っ向から死霊鎧《リビングメイル》へとぶつかる。

死霊鎧《リビングメイル》が上段から渾身《こんしん》の力を込めて振り下ろした剣を、そのまま拳で打ち上げるように振り上げる。

「アァァアアアアアアアアアアアアッ！」

渾身の気合いを込めた叫びと共に振り上げた拳は、眩《まばゆ》く光り輝いていた。

その光は、あの日の光景を思い出させる。そう、皆でドラドット大霊峰を攻略した後に見た夜明けの光によく似ていたから。

これが私の、最も光り輝くイメージなんだ。そう強く実感した。

光を纏《まと》った拳は、死霊鎧《リビングメイル》の剣をへし折ってそのまま本体にまで一撃を通した。

打ち上げられた死霊鎧《リビングメイル》が勢いよく転がっていき、びくびくと藻掻《もが》くように身体《からだ》を震わせている。全身の隙間から黒いモヤが滲《にじ》み出《で》る速度が上がっているのが見えた。

間違いなくダメージが通った。その実感が私に笑みを浮かべさせる。

「エミー、それって……!?」

「先生の……!?」

「そうよ！　……って言えれば格好がついたんでしょうけどね、残念だけどあんな上等なものじゃないわ」

私の一撃は《聖霊剣》《セイバー》を拳に纏わせた先生に似ていただろう。

だけど、全然精度が足りていない。そもそもが向いていないのだ。私は力をそのまま出力するのに向いているのであって、先生のようにあらゆる技術を効率的に組み合わせて高出力を維持するのには向いていない。

でも瞬発力と、一瞬の浄化力なら負けはしない。そう胸を張って言える。

「当たって！　通れば！　これでいい《い》のよぉッ!!」

優れたヴィーヴルの身体能力を活かして、溢れ出す聖女の力を瞬間的にぶつけて攻撃と浄化を押し通す。これこそが自分に最も合った戦い方なんだ。

「――勝つわよ、アンジェ！　トルテ!!」

はっきり言って、燃費は悪い。最大出力を何度も撃つことは出来ないだろう。

でも、今ここで勝つ分には十分過ぎる程だ。その確信を持って、私は死霊鎧《リビングメイル》へと全力で向かっていく。

死霊鎧《リビングメイル》は完全に私のことを自身を消しうる脅威だと認識したのか、私を近づけさせまいと残っていた亡者《アンデッド》たちを一斉に叩《たた》き付《つ》けようとしてくる。

しかし、その亡者《アンデッド》たちは素早く前に出たアンジェが一体残らず切り捨てた。

「これ以上、彼等《かれら》の死を冒瀆《ぼうとく》はさせません――！」

道は開けた。だから、後は真《ま》っ直《す》ぐ駆けるだけ。

その背を押すように光が届く。トルテの《祝福《ブレス》》だ。光が勢いを増して、もっと輝きを帯びていく。

「行ってください、エミー！」

「やっちゃえ――ッ‼」

二人の声に背を押されるまま、私は死霊鎧《リビングメイル》へと突き進む。

後すべきことは、ただ真っ直ぐ行って――ぶっ飛ばすッ‼

「――これで、終われェッ‼」

何度も繰り返した稽古の通りに、今自分が繰り出せる最高の一撃を。

生半可な抵抗を一切許さない浄化の暴力は、光の中へと死霊鎧《リビングメイル》を呑《の》み込んでいく。

そうして光が消え去った後、残っているものはそこに存在していなかった。

「はぁ……っ、はぁ……っ！」

終わった。そう確信した瞬間、どっと疲労感が押し寄せてくる。

本当に力がごっそりなくなってしまった。まだまだ実戦で使うには訓練が必要だ。

でも、今は浸らせてほしい。先生との約束を守れたことを。

「……やったわよ、先生」

そこで限界だった。くらりと視界が揺れて、力なく倒れていく。

そんな私をアンジェとトルテが抱き留めて抱えてくれる。二人の温《ぬく》もりを強く感じて、安堵《あんど》感が胸を満たしていく。

「エミー！　大丈夫ですか⁉」

「うん……大丈夫……でも、まだ、コアの浄化を……」

「それは私がやってくるから！　アンジェはエミーを見てて！」

「トルテ、一人で大丈夫ですか？」

「二人はボロボロなんだから！　役割分担するよ！　いいから休んでる！　いいね⁉」

心配しているのか、怒っているのか。私たちに言うだけ言った後、トルテはコアの方へと向かって駆け出す。その背中を見ていると、段々と眠気が襲いかかってきた。

身体に力が入らなくて、アンジェに寄りかかるような格好になってしまう。それに戸惑っていたアンジェだったけれど、すぐに支えやすいように姿勢を変えてくれた。

「……ありがと、アンジェ」

「いえ、エミーがいてくれて本当に助かりました。勝てたのは貴方《あなた》のお陰です」

「……皆が、いてくれたから」

そうだ。先生と出会って、アンジェとトルテと一緒に歩んで来たから辿《たど》り着《つ》けたんだ。

「ようやくわかったの。私は——この力を授かって生まれて、良かったんだって」

——私はもう、この道を進むことを決して迷わない。

The saint teacher's witchcraft is progressive!

《暁の一閃《デイ・ブレイク》》

エミーが編み出した、彼女だけのオリジナル魔法。ヴィーヴルの体質を利用して、圧倒的なまでの《浄化《ピュアリファイ》》を瞬間的に放出する技。生まれながら生体アーティファクトと言うべき〝角〟を持つヴィーヴル、つまりエミーにしか使えない。その最大出力はティアの《聖霊剣》を同等、或いは上回ることすら可能。反面、制御が難しく、消費が激しい。そのため、長時間の持続が出来ない。

第九章　憧憬

キャシーがアリステのダンジョンへと向かってからどれだけの時間が経《た》っただろうか。

聞こえてくるのは騎士たちの勇ましい声だ。怒声とも取れる気迫の籠もった声を上げて、城壁に取り付こうとするモンスターたちを騎士たちが振り落とし、それでも近づこうとするものを魔法で迎撃する。

「城壁へ張り付かせるな！　少しずつでいい！　確実に数を削れ！」

「応！」

デリル卿《きょう》の指示に従い、騎士たちが乱れぬ連係で魔法を繰り出した。生み出されたのは人などあっという間に呑み込んでしまうと思われる程の巨大な火球だ。

「行くぞ、お前らァ！」

「息を合わせろよ！」

「よっしゃぁ、いけェッ！」

「燃え尽きやがれぇッ！」

共有の詠唱で共通させたイメージを起点として練り上げられた魔法の火球。爛々《らんらん》と輝きを放つそれは圧倒的なまでの威力で轟音《ごうおん》と共にモンスターの群れを吹き飛ばす。

しかし、その土煙が晴れる頃には後ろから更に次の群れが迫ってきていて、休む暇もない状況だ。先程から繰り返し応戦している騎士たちも疲労の色が隠せない。

「ちくしょうが……！」

「全然減りやしねぇ！」

「デリル卿、《結界《バリア》》を展開します！　その間に立て直してください！」

城壁全体を覆うように展開した《結界《バリア》》がモンスターたちの侵入を阻《はば》む。モンスターがそれでも結界を突き破ろうとする度に魔力が削り取られていく。

先程からこれの繰り返しだ。騎士たちが迎撃してもモンスターの数は一向に減る様子がなく、彼等が回復するまで私が《結界《バリア》》で阻んで進攻を食い止めている。

「くぅ……！」

「レイナ様！　大丈夫ですか！」

「ッ、問題ありません！　それよりも負傷者の救護を！　急いでください！　必要であれば私が治療します！」

「はいっ！」

私の指示を受けて騎士たちが慌ただしく駆け出していく。

その背中を見送りつつ、私の結界を突き破ろうと攻撃を繰り返している亡者《アンデッド》たちを睨《にら》み付ける。

意思もなく、ただ淡々と人形じみた動きで結界を攻撃する様は異様であり、あまり直視していたいものではない。

「普通の群れであれば、十分過ぎる程に通用している筈《はず》なのに……！」

ジェシカを失ってから四年、私たちだってただ漫然と日々を過ごしていた訳じゃない。

私の直属である騎士たちの多くは、神々の霊廟《れいびょう》で共に生き残った騎士たちだ。他の人員もあの事件で失われた者たちの関係者なので連帯感も強く、先程の連係魔法もその一環で生まれた技だ。

私が彼等を《結界《バリア》》で守り、連係魔法による圧倒的な火力で制圧する。この戦術は成果を出しているものの、今回は相手が悪い。

こちらに向かっている亡者《アンデッド》たちは、死体だからなのかどうにも動きが鈍い。それが救いであるのと同時に、じわじわと迫ってきている現実に絶望を感じてしまう。

あとどれだけ繰り返せば状況が好転するだろうか。このままでは私か騎士たちが力尽きた時に総崩れしてしまうことになる。

「レイナ殿、こちらからも打って出るか？」

「デリル卿、それは却下します。今打って出たところで、あの物量に呑み込まれるだけです。無駄死ににになりかねません」

「しかし、君への負担が大きい。このままでは結局全滅だぞ」

「――それでも、これが最善の筈です。長く時間を稼げばティアたちがダンジョンを浄化して状況が好転するかもしれません」

せめてアリステが浄化されれば、更に後ろへと下がれるし、ティアたちとも合流して選択肢が広げられるかもしれない。

今は戦力を温存する時だ。ギリギリまで耐えて、状況が変わるのを待つしかない。

「もしも、このまま変わらなければどうするつもりだ？」

「……私が殿《しんがり》に残ります、と言えればいいんでしょうけどね」

思わず口にして、苦笑が浮かんでしまう。

「そんなことを言ったら、一人を犠牲に生き残るぐらいなら玉砕した方がマシだと言われそうなので」

「それはそうだろうな。皆、君と同じ後悔を抱えているのだから」

「愚かだと思いますか？」

「私にそれを問うのか？　愚問だとわかっているだろうに」

デリル卿は皮肉そうな笑みを浮かべてそう返した。私はそんな彼に肩を竦《すく》めることしか出来ない。

愚かだと言われても、それでも最後の最後まで諦めない。誰かの命を犠牲にして生きながらえるぐらいなら……、それはここにいる者たちに共通している願いだ。

四年前のあの日の後悔を拭えるのなら。皆、そう思うだろうから。

「この命尽きる時まで足掻《あが》いてみせよう。元より、この命は君に預けているのだから」

「感謝します、デリル卿」

絶望を感じていない訳じゃない。けれど、絶望を前にして俯《うつむ》いている暇などない。

気を取り直して結界に意識を集中させようとしたところで、突然誰かの叫びが聞こえてきた。

「どうした⁉」

「お、おい……なんだよ、ありゃ⁉」

騎士の一人が指を差して、遠い地平線の先を示す。空は既に夜に染まっていて、灯《あか》りとなるものは月灯りと、先程放った火球の残り火くらいだ。

そんな光たちに照らされるようにして、何か巨大な影が闇の中で蠢《うごめ》いていた。

地響きのような音がかすかな振動音と共に聞こえてくる。こちらに向かってくる影の姿が朧気《おぼろげ》ながらに見えてきた。

それは、人の三倍はあろう体軀《たいく》をゆっくりと揺らしながらこちらに迫ってくる一つ目の巨人の姿だった。

「単眼鬼《サイクロプス》か……⁉」

「ここで出てくるのかよ！　もしかして、あれも亡者《アンデッド》なのかよ⁉」

目を凝らして見れば、単眼鬼《サイクロプス》の身体《からだ》には無数の傷が付いていた。あまりにも痛々しい。どうして動けるの⁉

更に言うなら、単眼鬼《サイクロプス》の単眼からは生気が感じられず視線も虚《うつ》ろだ。この状況を考えれば単眼鬼《サイクロプス》もまた亡者《アンデッド》になっていると見る方が自然だろう。

「待てよ……？　アイツは、まさかっ⁉」

「おい、どうした⁉」

「あの単眼鬼《サイクロプス》！　俺は見覚えがある！」

「何⁉」

「あれは王太子の手勢が討伐した筈の単眼鬼《サイクロプス》だ！　間違いない！」

「どういうことだ⁉」

「傷だよ、単眼鬼《サイクロプス》の胸の傷だ！　俺はあの傷を見たことがあるんだよ！」

「あぁ！　そうだ、言われてみれば間違いない！　あれは王太子が討伐を喧伝《けんでん》するために披露していた単眼鬼《サイクロプス》の傷跡とまったく同じだ！」

地方から中央へと戦力を集中させようとしている王太子だけれど、かといって増加するモンスターに対して何の手立ても打っていない訳ではない。

むしろ自分の勇名を広げるためなのか、強力な個体であるモンスターに対しては積極的なまでに討伐を行っていた。

その理由が、このように亡者《アンデッド》にして自分の手勢として扱うためというなら納得出来てしまうのが悔しい。

「……このままでは、保ちませんね」

思わずそんな言葉が口から漏れてしまう。どんなに虚勢を張ったとしても、これは無理だろう。

そんな絶望を感じているのは私だけではないだろう。騎士たちは静まり、沈黙している。

そんな中で、場違いなまでに明るい声が響いた。

「あーぁ、今度こそ死んだな。仕方ねぇ、一匹でも道連れを増やすか！」

「四年か。短かったような、長かったような。まぁ、十分な時間だったさ！」

「ハッハッハッ！　そんな話は女神に顔合わせした後でも遅くはないだろう！　まだまだ俺たちは生きているぞ！」

「そうだ！　あんなのを道連れにしたところで何の足しにもならんぞ！」

「相手は既に死体も同然だからな！　このまま死んでも割に合わんな！」

「じゃあ、やるしかねぇよなぁ、おい‼」

騎士たちは笑い合いながら声を掛け合う。その声はどこまでも明るく、絶望的な状況の中にいるとは到底思えない。

ここで死ぬかもしれない。そんな恐怖と屈辱を感じていない訳ではないだろう。でも、それでも絶望に屈するぐらいなら笑ってみせると、そう言っているかのように。

「何を笑っているのですか、貴方《あなた》たち」

「レイナ様！」

「──総員、聞きなさい！　この戦場で、私より先に死ぬことは許しません！　死ななければ私が生かしてあげましょう！　だから最後の最後まで、戦って抗《あらが》いなさい！　このような悍《おぞ》ましい愚挙を許しておけますか⁉　いいえ、許してはおけません！　誰かがこの過《あやま》ちを正さなければならないのです！」

ここにいる者全てに届くように声を張り上げた。この意志を叩《たた》き付《つ》けるかのように。

「声を上げなさい！　私たちは絶望などしないと！　ここで果てる命ではないと！　前に進むのです！　生きて、生きて、生き抜いて！　先に逝《い》ってしまった者たちに不甲斐《ふがい》ないと笑われたくはないでしょう！　貴方たちに救われた命は、まだここで生きているのだと全力で示しなさい‼」

「──応！」

私の叫びに応える声がある。

一つ、二つ、三つと。次々と騎士たちが声を上げていく。この状況に屈してなるものかと叫ぶかのように。

「そうだ、俺たちは生きている！」

「死ぬのは、生きて生きて、生き抜いた後でいい！」

「あぁ、その通りだ！　黒幕の思い通りになるなど、癪《しゃく》で仕様がねぇ！」

「死ねと望まれて、それを撥《は》ね除《の》けて生きて帰ることこそが何よりの逆襲だろう！」

「じゃあ、生きるしかねぇよな！」

「あぁ！　生き残るぞ！」

「生きて！　帰るぞ‼」

「応──ッ‼」

『──生きて、帰りましょう。生きて、生きなければならないんです……！』


──四年前、私たちは声を上げられない程に絶望していた。

そんな中で、誰よりも絶望していた筈なのに声を張り上げ続けていたのがティアだ。

誰もその時、アイツの声に同調出来なかった。

そんな余裕がなかった。そんな強さがなかった。

言い訳なら幾らでも並べられる。そうして残ったのは、アイツ一人に声を上げさせてしまったという事実だけだ。

これは私だけの後悔じゃない。私と同じように生き延びさせられた者たちもまた同じように抱いていた思いだ。あの時に出来なかったことが今も出来なくて、アイツに追いつくことなんて出来る訳がない──！

「──総員、突撃準備！　誰一人欠けることなく！　生き延びるために‼」

あまりにも無謀だ。無理な願いだとはわかっている。

それでも掲げなければ、永遠にその理想に辿《たど》り着《つ》くことは出来ない。

滑稽だと笑うなら笑えばいい。無駄な足掻きだと、今もどこかで見ているのなら。

それが私たちの膝を折る理由にはならない。

声を上げ続けるんだ。いつか、理想の下に辿り着く日まで。

——そんな私たちの決意に、まるで応えるかのようなタイミングで咆哮《ほうこう》が響いた。

誰も予想していなかった勇ましい咆哮。それは、私たちが侵入を阻《はば》んでいたアリステの方角より来たる。

未《いま》だ暗い闇に包まれた空を何かが飛翔《ひしょう》してくる。その姿を私たちは見上げるようにして目撃した。

「——まさか、ティア……？」

＊　＊　＊

「——間に合わせてくれてありがとうございます、メイズ！」

「ギャア！」

私のお礼に対して、メイズが威勢の良い返事《へんじ》をしてくれた。

労《ねぎら》うようにメイズの身体を叩いた後、改めて眼下を見下ろす。アリステを監視するための砦《とりで》には今、無数の亡者《アンデッド》たちが迫っている。

その亡者《アンデッド》たちの侵入を阻んでいるのはレイナの結界だ。流石《さすが》は聖女筆頭だと感心する程に広範囲で強力だ。真っ当な聖女としての腕前は、私が見てきた聖女の中でも群を抜いている。

けれど、彼女の結界では阻みきれない程の数の亡者《アンデッド》がいるし、その後ろにはやたらと存在感のある単眼鬼《サイクロプス》が緩慢な動きで迫っていた。

「なんなんだわ、この状況！　悪化しすぎでしょ！」

キャシーが悲鳴のように叫ぶ中、私はその亡者《アンデッド》の群れを見つめていた。

アリステの状況を考えれば、この亡者《アンデッド》たちも王太子が関与しているのは間違いないだろう。そして、私たちを殺すためだけにこの戦場へと投入した。

「ティア、まずはレイナと合流して……」

「いいえ。メイズ、キャシーとレイナの下へ向かってください。私は行ってきます」

「は？　行くって……ちょっ、ティア⁉」

キャシーの返事も待たず、私はメイズの身体を蹴って飛び降りた。

地上までの距離は遥《はる》か遠《とお》く、このまま地面に落ちてしまえば確実に死ぬだろう。けれど、私の心に恐怖はない。恐怖よりも別の感情で胸が埋まってしまっていたからだ。

私が落下していくその先には、例の単眼鬼《サイクロプス》がいる。

単眼鬼《サイクロプス》は私の接近に気付いたのか、ゆっくりと顔を上げた。しかし、私を脅威と思っていないのか、ただこちらを見上げるだけだ。

それが単眼鬼《サイクロプス》が死者である事実を突きつけてくるかのようだ。

「死者であるならば、いつまでも現世を彷徨《さまよ》っていてはダメでしょう」

たとえ、それがモンスターであったとしてもだ。死後まで利用されるだなんて、あまりにも憐《あわ》れだろう。

——だからこそ、全力で倒すだけだ。

呼吸のように慣れた身体強化と《祝福《ブレス》》の重ね掛け。全身に漲《みなぎ》る力と、腹の底から沸き立つような感情と共に単眼鬼《サイクロプス》の顔面に思いっきり拳を叩き付けた。

私の拳をそのまま受けた単眼鬼《サイクロプス》はその巨体が嘘《うそ》かのように浮かび上がり、そのまま後ろへと吹っ飛んでいく。

単眼鬼《サイクロプス》は砦へと向かおうとしていた亡者《アンデッド》たちを巻き込み、土煙を上げて滑っていく。

衝撃音にも似た地鳴りが響き、その巨体が大地に沈む。

それが合図となったのか、砦に向かおうとしていた亡者《アンデッド》たちの注意が私へと向いた。

私は単眼鬼《サイクロプス》を殴りつけた反動で宙を舞っていたけれど、《結界《バリア》》で足場を作りながら難なく着地する。

着地の際に膝を曲げていた姿勢からゆっくりと身体《からだ》を起こす。握っていた拳をゆっくりと解いて、指の骨の音を鳴らす。

ふぅぅ、と深く吐き出した息は我ながら熱く感じた。湧き上がる衝動に身を任せて叫び散らしたいような気分になる。

「私は――怒っています」

そうだ。今、私が感じているのは自分でもどうしようもない程の怒りだ。

王太子が許せない。何も知らない罪なき人々を残酷な方法で殺《あや》めたこと。その死後すらも冒瀆《ぼうとく》するように利用していること。そうして生み出した脅威で私たちの教え子を危険な目に遭わせたこと。

そして――私の友人たちを殺そうとしたこと。

私が邪魔だというのなら、私にだけその悪意を向ければ良かっただろう。もし、私以外にも悪意を向けていたというのならば尚更《なおさら》に許せない。

どんな理由があるにせよ、こんな手段に手を染めた以上は許しておけない。

人としても、聖女としても、許せない理由は幾つもある。だから、容赦なんて一切してやらない。

「全て、何一つ残さずに女神の下へ送ってあげましょう」

それが私に出来る、全てを冒瀆された貴方たちに報いられる唯一の方法だ。

無数の亡者《アンデッド》たちが、まるで陸の津波のように群れを成して私へ襲いかかる。このままでは亡者《アンデッド》に押し潰されるだけで簡単に命を落とすだろう。だから、その勢いを利用して立ち回れば良い。

「失礼」

私へと迫ってきた亡者《アンデッド》たちを足蹴にしながら、流れの勢いを殺さずに空中を舞った。

私を捕まえようと手を伸ばして群がってくる亡者《アンデッド》たちの頭や肩を蹴り、そのまま次の着地点にいる亡者《アンデッド》を見極めて滞空する。

どれだけ手を伸ばそうとも、宙を舞う私へと亡者《アンデッド》たちの手は届かない。

私はその間に収納リングから聖剣を取り出す。《結界《バリア》》を使って空中で態勢を立て直し、《浄化《ピュアリファイ》》を聖剣へと纏《まと》わせる。

この状況下で時間制限のある《聖霊剣《セイバー》》を使うのは得策ではない。だからこそいつもの力を、効率的に駆使して亡者《アンデッド》の相手をする。

一気に倒すのではなく、ただひたすら倒し続けること。それがこの戦いを制するために必要なことだ。

「フッ――！」

着地点にいる亡者《アンデッド》に向けて聖剣を振るい、一気に斬り伏せる。

亡者《アンデッド》である以上、彼等《かれら》は通常のモンスターよりも世界の歪《ゆが》みの影響を受けている。つまり聖女による浄化がより効果的になるということでもある。

まるで紙切れを切ったかのような軽い感覚。亡者《アンデッド》は断末魔の声を上げることもなく、淡く輝く粒子へと化して散っていく。

これが世界の歪みに身を委ねてしまった末路だというのならば、あんまりだろう。

「アァァァアアアア――ッ‼」

どれだけ湧いても尽きぬ怒りに任せて、私は声を張り上げた。

迫り来る亡者《アンデッド》の群れをただ只管《ひたすら》に切り伏せていく。散っていく粒子の中を突き抜けていくように突撃を繰り返す。

亡者《アンデッド》たちをすり抜けていくように切り伏せていくだけで、その数が減っていく。命がある筈《はず》だった者が呆気《あっけ》なく散って崩れていった。

囲まれて身動きが出来なくなる前に空中へと飛び上がって態勢を整える。

群れにぽっかりと穴が空いた場所を狙って着地して、その穴を押し広げるように亡者《アンデッド》たちを浄化していく。

しかし、それでもその数は一向に減らない。一体どれだけの亡者《アンデッド》たちを生み出したのかと思えば、怒りと共に呆《あき》れさえ感じてしまう程だ。

しかし、このまま繰り返していけば亡者《アンデッド》を全て浄化しきることは出来るだろう。その物量こそ恐ろしいものの、個体としては弱い。彼等に利点があるとすれば死を怖《おそ》れぬことと、致命傷を受けにくいという点だ。

聖女の力であれば一撃必殺で浄化出来るので、亡者《アンデッド》に対して優位に立てると言える。だから、私は何の不安もなく戦いに集中出来ていた。——突然、空から怒声が降ってくるまでは。

「——アンタは何をやってるのよ！　ティア・パーソン‼」

予想なんてしていなかった声に顔を上げると、上空にはメイズの姿があった。そして、その背から誰かが私の下へと向かって飛び降りてきたのだ。

誰かと思えば、それは表情を怒りに歪ませたレイナだった。

彼女の落下先には亡者《アンデッド》たちが待ち構えていたが、レイナが落下しながら杖《つえ》を構えると彼女から眩《まばゆ》い光が放たれた。

着地点を中心として広範囲に放たれた《浄化《ピュアリファイ》》の光は亡者《アンデッド》たちを一気に塵《ちり》に返していく。高出力だからこそ出来る芸当だ。

そうしてぽっかりと空いてしまった穴の中心点に着地した後、レイナはそのまま勢いよくこちらへ向けて突撃してきた。

「レイナ、どうして貴方《あなた》がここに、いや、それよりもここは危険で……」

「今！　正に！　ここで誰よりも危険な真似《まね》をしていたバカに言われたくないわよ！」

「バカって……」

「バカよ！　何やってんのよ！　アンジェリーナ王女殿下たちまで置いて戻ってきた⁉　私たちを助けるために⁉　本当にバカなの⁉　キャシーは何をやってたの⁉　どいつもこいつも勝手なことばかりして！」

「そんな何度もバカバカ言わなくても……」

「バカにバカって言って何が悪いのよ‼」

「こんな状況で言い争っている場合じゃ……」

「何よ！　邪魔するんじゃないわよ！　あっちに行ってなさい！」

亡者《アンデッド》たちがまだいる、と続けようと思っていたらレイナが《結界《バリア》》を展開して、そのまま亡者《アンデッド》たちが私たちに近づけないようにしてしまう。

強度や展開速度、どれを取っても素晴らしい技なのだけれど、状況のせいで何とも釈然としない。

私が呆気に取られている間にレイナは私の胸ぐらを摑《つか》み上げた。あまりにも強い力のせいで私の身体が浮きそうな程だ。

昔からレイナを何度も怒らせてきたけれど、ここまで怒っているのは初めて見る。

「一体何を考えてるのよ、アンタは！」

「何って……」

「貴方の教え子たちよりも私たちを優先したの⁉ もし、私たちを助けにきたせいでアンジェリーナ王女殿下たちが死んでしまったらどうするの⁉ 絶対に後悔するでしょう⁉ そんな可能性も考えなかったの⁉」

「……考えなかった訳ないでしょう」

それでも、自分たちを信じてほしいと言われた。私は大丈夫だと判断して……信じた。だから、私はあの子たちの選択を尊重する。大丈夫だと信じる。あの子たちが自らの役割を果たすことを。

「あの子たちを侮《あなど》らないで。彼女たちは私の教え子よ」

レイナは私の反論に対して何も言わなかった。ただ睨《にら》み付《つ》けるように私を見つめる。

「……いつも、あんな戦い方をしてたの？」

「はい？」

「たった一人で、あんな亡者《アンデッド》の群れに突っ込むようなことをアンタは四年もの間、繰り返してきたの？」

「……そうだけど？」

「そうだけど、じゃないでしょうが！」

レイナが怒りを再燃させてしまった。咄嗟《とっさ》に耳を塞いでしまいたくなる程の怒声に眉間に皺《しわ》が寄ってしまう。

「アンタがそういう無茶をする奴《やつ》だって、わかってた！　わかってたつもりだったわ！　予想以上に酷《ひど》い！　アンタ、アンジェリーナ王女殿下たちにとんでもないことをやらせてたんじゃないわよね!?　いや、絶対にやってるわ！」

「流石《さすが》に偏見でしょう」

「何も信用出来ない！」

「そんなことを言われても……」

「あんな無茶な真似をされて！　それで助けに来たなんて言われても！　何も響かないのよ！　このバカッ！　なんで、アンタはそんなにバカなのよ！」

レイナは目を閉じて、何かを堪《こら》えるように震える吐息を零《こぼ》している。それが自分を落ち着かせようとしているかのように見えて、口を挟んでいいものかと悩んでしまった。

「いい!? ティア! この戦場で指揮を執っているのは、この私よ! 私は貴方の上司! だから、貴方は私の指示に従う必要がある! 助けに来たからって戦場を混乱させるようなことしてたら何の助けにもならないの！」

「それは、そうかも、しれないけど……」

「それに！ ……こんな風に助けられて、あんな姿を見せられたら素直にお礼が言えないでしょう！ また貴方は、私たちに貴方を犠牲にして助かれって言うの!? あの日の後悔を、またしろって言うの!?」

私の胸を手で打ち、俯《うつむ》いて肩を震わせているレイナに思わず言葉を失ってしまった。

そんなこと、思ったことなどない。そもそも私は犠牲になった覚えなんてない。それなのにどうしてそんなことを思うのかがわからない。

「ティアが強いのはわかった！ だからって……だからって一人で戦おうとしないで！ 私たちだって戦える！ アンタみたいに強くはなくても出来ることがあるの！」

「レイナ……」

私は、彼女にどんな言葉を返せばいいのだろうか。

まったく答えが見つからない自問自答。そうして言葉を失っていると、レイナの張った結界の外がにわかに騒がしくなった。

「盾隊！　前に！　押し込めェッ！」

「だらっしゃぁあああッ！」

「お前ら、気合いを入れろやァッ‼」

重厚な盾を構えた騎士たちが、デリル教官の指揮で亡者《アンデッド》の群れへと突撃していくのが見えた。勢いよく一丸となって突き進む盾の群れが亡者《アンデッド》たちを無理矢理押し込めていく。

そうして身動きが出来なくなったところで、後方にいた騎士たちが巨大な火球を生み出していく。一人の魔法ではなく、皆の力を束ねて破壊力を高めているのがわかった。

「道を空けやがれェッ‼」

「ティア・パーソンに負けるんじゃねぇぞ‼」

「流石にそれは無理じゃねぇかァ！」

「無理って言った奴、後で地獄の特訓コースだ！　覚えてろォッ‼」

「無理でも、やるんだよォッ！」

放たれた火球は爆音と共に亡者《アンデッド》たちを吹き飛ばしていく。地面を陥没させる程の威力だが、それでもまだまだ数が多い。

ずっと戦い続けてきたのだろう。疲労の色だって遠目で見ているだけでわかる程だ。それでも、彼等は勇ましく声を上げる。

「どんなに追いつけないような強さであろうとも！　彼女が聖女であることに代わりはない！　ならば！　我々騎士たちの役割とは何だ！」

「聖女の盾であれ！」

「聖女の剣であれ！」

「我ら、聖女の守護者なり‼」

「もう二度と！　アイツだけ前に立たせる訳にはいかねぇんだよ！　騎士の誇りにかけてでもなぁ！」

「彼女はあの日、絶望から我らを救いへと導いた！　しかし！　彼女は何を失った！」

「思い出せッ！　我らの屈辱を！　彼女の慟哭《どうこく》を！」

「忘れねぇよ……！　忘れたことなんかねぇッ‼」

進む。彼等は前へと進んでいく。

迫り来る亡者《アンデッド》たちの群れを盾で押し返す者。その後ろから魔法を繰り出している者。剣を振るって魔法を放つ騎士を援護する者。

意志が一つに束ねられた姿を、私は見た。

私は、彼等《かれら》が誰なのかわからない。ジェシカ以外に深い関係を持っていた人なんていないから。

それでも、そんな私でも、彼等は私を守るという。私を一人で戦わせてしまったと言いながら後悔している。

そんなこと、考えもしなかった。そんな風に思っているだなんて、想像もしなかった。

「……聞こえたでしょ？　アンタには無様に見えるかしら？」

「そんなこと……」

「私も含めて、情けないって思ってるのよ。私たちだって努力してきた、なんて言っても虚《むな》しくて仕方ない。アンタは強くて、私たちでは到底届かない程の頂にいる。でもね！だからって、アンタが全て背負う必要なんてないでしょ！」

レイナの目が、私を真《ま》っ直《す》ぐ見つめている。

そうだ、まだ聖女候補として教会で過ごしていた頃、レイナはいつもこんな目で私を見ていた。

この目が、正直に言えば苦手だった。彼女の言うことは尤《もっと》もだけど、聞き入れるには耳が痛くてうんざりすることもあった。

彼女はずっと正しかった。私がすべきことを、ずっと見ていてくれたんだ。

「──私たちにも背負わせなさいよ！　だから頼りなさいよ、バカ……！」


……あぁ。私は、レイナの言う通りバカなのかもしれない。

何の成長もしていないと言われても、ちょっと今は否定が出来ない。

いや、でも。前だったら聞き入れられなかったことも、今だったら頷《うなず》ける。

そう思えるようになったのはきっと……。

「レイナ」

「……何よ」

「ごめんなさい」

皆、悔しかった。あの日、生き延びた皆は同じ痛みを抱えているのだと思った。

ジェシカや、多くの仲間を置き去りにしてしまったから。それが苦しいのだと思った。

その苦しみに私が対象として入っているだなんて考えたことがなかった。

だって私は生きているし、ジェシカのように皆と仲が良《い》い訳じゃなかった。疎《うと》まれているとさえ思っていた。

でも、それ以上に私はレイナたちのことを知ろうともしなかった。

だから後悔していると言われて驚いているし、そんなことを考えているだなんて想像することもなかった。

そうして彼等は私が一人で戦いに向かうことを悔しく思っていた。漸《ようや》く気づけた事実に苦い笑みが浮かんでくる。

だから、自然と口から謝罪の言葉が滑り落ちていく。

「私なんて、と言うつもりはないけど。でも、貴方《あなた》たちにとってどうでもいい人間だと思われている、そう思っていたわ。……でも、そうじゃなかった。だからごめん。全部私の思い込みだった」

私がそう言うと、レイナは眉間に皺《しわ》を寄せた後、鼻で笑った。

「……だから何よ？」

「私は全部自分でやればいいと思ってたわ。他人なんて当てにしても何も叶《かな》わないから。最後には全部、自分でやらなきゃいけない。ずっとそう思ってたし、今もそう思ってる。

──でも、それが全てじゃない」

今だからこそ、素直にそう思える。

一人で辺境の地に旅立って、それでも変わるつもりなんてなかった。

それなのにトルテと偶然出会ってしまって、彼女を引き取ることを決めて。

そうして彼女を育てている間に、エミーとアンジェが私の下へと来てくれた。

教え子となった彼女たちは、私と同じ夢を見たいと言って共に戦ってくれる。

そして迷う私の背すら押してくれた。自由に生きていると思っていたけれど、それでも一人だからこそ、手が届く範囲には限りがある。

でも、一緒に手を伸ばしてくれる人がいてくれるのなら、私はもっと多くを望めることを知った。そのありがたさを思い知った。だから、今はこちらから手を伸ばす必要があるんだ。

「私は貴方たちを死なせたくない。これからも生きてほしい。私自身、まだ死ねない理由がいっぱいある。だから──力を貸して」

レイナは私の言葉に目を見開いた後、何故《なぜ》かぎゅっと眉間の皺を深めて、何かを堪《こら》えるような表情になってしまった。

彼女の瞳が複雑な感情を表すかのように揺れている。

「あぁ、もう……！　バカよ、アンタは！　私は、ただあの日と同じ後悔をしたくないだけなのに……！」

「それで十分よ」

「意地を張って、こんなにも振り回されるぐらいなら早くに言えば良かったわね！」

「それはそう思う」

「うるさいわよ！」

「……理不尽すぎる。レイナ、話は後にしよう。生き残れば時間は幾らでもあるから」

「……ふん。なら、この状況を乗り切るわよ。私たちは小型の亡者《アンデッド》相手なら、時間をかければ戦える。でも……」

「単眼鬼《サイクロプス》の相手までは出来ない？」

「そういうことよ。片方だけなら問題ないわ」

「だったら、私が単眼鬼《サイクロプス》を片付けてくる」

「出来るのね？」

「一人でも出来るけど……もし、レイナに余力があるならレイナに《祝福《ブレス》》をかけてほしい。そうすれば全滅させられる」

「……今でも信じがたいけど、それでも信じてあげるわ。貴方が単眼鬼《サイクロプス》を相手にするのは良いとして、私たちはどうすればいい？」

「時間を稼いでくれるだけでもいい。正直、私は数が多いだけの敵を相手にするのに向いてない」

「効率の問題ね？」

「そっちを任せられるというのなら」

私がそう言うと、レイナは軽く天を仰いでから深々と溜息《ためいき》を吐《つ》いた。

「……まさか、私が貴方に《祝福《ブレス》》をかける日が来るとはね。世も末だわ」

「終わってもらったら困るんだけど」

「末世でもなければ味わえない《祝福《ブレス》》よ。ありがたく受け取りなさい」

ぶっきらぼうにそう言うと、レイナは私へと杖《つえ》を向ける。杖から溢《あふ》れた《祝福《ブレス》》の光が私の身体《からだ》を包んでいく。

思えば、他の聖女から《祝福《ブレス》》を受けたことはあまりない。私に《祝福《ブレス》》するぐらいなら、騎士にかけた方が効果的だったからだ。

だから改めて実感する。レイナの《祝福《ブレス》》は漲《みなぎ》る程の力を私に与えてくれる。

トルテがエミーとアンジェを《祝福《ブレス》》で強化していたから知っていた気になっていたけれど、こうまで実感するとまだまだ知らないことが多いのだと思い知らされる。

「……ん。やっぱり、レイナは凄《すご》いね」

「それ、皮肉？」

「いや、本音。じゃあ、行ってくるわ。……あぁ、それから」

「何よ」

「三分で終わらせるつもりではいるけれど、もしも終わらなかったら一回力が途切れるから助けて」

「は？　ちょっと待て、待ちなさい！　ちゃんと大事なことは詳細を含めてしっかり伝えなさいよ――ッ！」

レイナの怒声を背に私は駆け出した。

道中、立ち塞がる亡者《アンデッド》たちの群れは足場にして跳躍する。小型はレイナたちに任せると決めた以上、私のすべきことは大型の亡者《アンデッド》を片付けることだ。

改めて亡者《アンデッド》の種類を確認する。大凡《おおよそ》が人型の種族で、それは大型であっても変わらない。単眼鬼《サイクロプス》を始めとした鬼や巨人と呼称されるモンスターばかりだ。

だからこそ、何故亡者《アンデッド》にされたのかが想像出来てしまった。

人に近い種族だからこそ、研究材料にしたのだろう。アリステで住民を亡者《アンデッド》へと造り変えたように。

「歪《ゆが》んだ命に憐《あわ》れみを。女神よ、どうか大いなる慈悲を以《もっ》て彼等を受け入れたまえ」

祈りを口にして、息を大きく吸い込む。

後ろに心配は要らない。時間制限が過ぎても保険がある。

安心して背中を任せられるからこそ、憂いもなく全力を出せる。

ドラドット大霊峰で教え子たちがそうしてくれたように、この戦場でも私を支えてくれる人たちがいる。

だからこそ、彼等に応えたい。私の全てを以て、この戦いを終わらせよう。

その覚悟を決めて、私は聖剣を触媒にして《聖霊剣《セイバー》》を発動させた。

《聖霊剣《セイバー》》の効果によって増していく力に、更にレイナにかけてもらった《祝福《ブレス》》を重ねて、一体化させていく。

いつもと違う感覚で《聖霊剣《セイバー》》を形にするのに一呼吸分ほどの遅れが出てしまう。けれど、だからこそ形になった瞬間の力は私単独で発動した時よりも力強い。

「おぉい！　ティア・パーソンが通るぞッ！　道を空けやがれ！」

「多少の見せ場ぐらいは貰っておかんとなぁッ！」

「押せ押せェッ！　彼女の道を作れェッ‼」

単眼鬼《サイクロプス》の下へと向かう道。その道を開くために騎士たちが次々と突貫していく。そんな彼等の頭上を越えるようにして私は跳躍する。

「ティアッ！」

「キャシー？」

キャシーの声が聞こえて、彼女の姿を探す。

彼女は騎士たちより後方から叫んでいたのだ。その傍《そば》にはデリル教官の姿もあった。

「後ろは任せて！　だから、行ってこい、このバカ――ッ！」

キャシーが力強く叫ぶ。その渾身《こんしん》の叫びは戦場全体に伝わるのではないかと思う程だ。

その隣ではデリル教官が大きく頷き、しっかりと護衛している。

「おらおらッ！　一人も倒れるんじゃねぇぞ！」

「ティア・パーソンを振り向かせるな！」

「足手まといになりたくなければ気張りやがれ、お前らッ！」

「二度も彼女の足を引っ張るつもりはないッ！」

「そうだ！　あの日の失態を取り戻す！　先に逝《い》った者たちに胸を張って、俺たちがここに健在だと！　届かせるためにも！」

声が連鎖する。誰もが思いを胸に叫んでいる。口にした思いは様々だ。

その全てが、こんなにも胸を震わせる。その分、ジェシカを失った日の悔しさが鮮明に思い出される。

それは私一人の思いではない。そんなことを知っていた気になって、何もわかっていなかった。だからこそ、今こんなにも胸の奥が震えている。

「行け……！　行けよ、ティア・パーソン！」

「すぐ追いついてやるから、先に行ってろ‼」

誰も絶望なんてしていない。生き残るために、ただ只管《ひたすら》に力を尽くしている。

そうだ。生きなければならない。失ってしまった人、託された思い、私たちの背負っているものは軽いものなんかじゃない。

生きて、戦い抜いて、その先へと進まなければならない。足を止めて膝を折っている暇なんてないのだから。

踏み出す一歩は力強く、勢いの付いた身体は宙を舞う。

単眼鬼《サイクロプス》までの距離はもう間近だ。今度は私の存在を脅威と捉えたのか、私を迎撃せんと俊敏に構えている。

単眼鬼《サイクロプス》はそのまま両手を握りしめ、私を押し潰すように頭上から渾身の力で振り下ろした。巨大な鎚《つち》のように迫った一撃を空中にいた私はモロに受けて、そのまま地上へと叩《たた》き付《つ》けられる。

それは、敢《あ》えてだ。逆に振り下ろした勢いに合わせて《結界《バリア》》を展開させて、叩き付けられる瞬間にその手の下から這《は》い出《で》る。

全力で振り下ろした単眼鬼《サイクロプス》の動きは完全に止まっている。そして、力を込めるために噛《か》みしめていた顎に向けて、跳躍と共に拳を叩き込む。

単眼鬼《サイクロプス》はそのまま仰《の》け反り、よたよたとよろめきながら後ろへと下がっていく。巻き込まれた小型の亡者《アンデッド》たちが踏《ふ》み潰され、そのまま尻餅をついた単眼鬼《サイクロプス》に潰される。

地響きが響く中、私は《結界《バリア》》を利用して空中を跳ねて単眼鬼《サイクロプス》へと向かっていく。

落下の力も利用して一気に距離を詰めて、その単眼に《聖霊剣《セイバー》》を突き刺そうとするも、それは単眼鬼《サイクロプス》が咄嗟《とっさ》に掲げた手によって防がれる。

ならばと、私は防御に使われた単眼鬼《サイクロプス》の手を手首から切断するように軌道を変える。

闇の中で描かれた光の軌跡が残光として残り、ずるりと音を立てる勢いで単眼鬼《サイクロプス》の手が腕と泣き別れしていく。

亡者《アンデッド》であるが故に痛みはないのだろう。手を失おうとも関係なしに単眼鬼《サイクロプス》は残る腕を振るい、私を弾《はじ》き飛《と》ばそうとする。

「いちいち吹き飛ばされるのも、厄介ね……！」

《結界《バリア》》を張ってはいるので、ダメージは最小限に抑えられている。

どちらかと言えば、問題なのは距離を取られることだ。無駄に体力と時間が消費させられてしまう。

やはり、ここは一撃必殺で決めなければならない。しかし、そのためには小型の亡者《アンデッド》たちが邪魔になってしまう。

「でも、レイナたちがなんとかしてくれる」

彼等がそう言ったのだから、信じよう。私は吹き飛ばされた距離を一気に詰め直しながら剣の形を保っていた《聖霊剣《セイバー》》を解いて、拳へと一点集中させていく。

その時になって、私は気付いた。空の色がだんだん白く変わっていたことを。

それは夜明けが近いことを報《しら》せる合図だ。思わず、ふっと笑みが零《こぼ》れてしまった。

どんなに長く感じる夜であっても、明けない夜はない。まるで世界がそう語っているようにさえ思える。

「確かに、長い夜だったのかもしれない」

ここにいる者たちにとって、それだけ忘れられないことだったのだ。

それでも、私たちはここにいる。生き残るために声を上げて脅威と絶望に抗《あらが》っている。

誰がどんな悪事を企《たくら》もうと、最早《もはや》関係ない。それが王族だったとしても、知ったことではない。

ただ、この胸に宿した信念のままに突き進もう。この胸に灯《とも》り続ける光が、いつか未《ま》だ届かぬ闇を照らすと信じて。

私が向かう先、起き上がった単眼鬼《サイクロプス》もまた全力で迎え撃たんと拳を構えている。

大人と子供なんかよりも酷《ひど》い体格差。普通であれば勝ち目なんて一切ない勝負。

けれど、私には負ける気なんてなかった。ただ鍛え上げたこの力を信じて、必殺の一撃を叩き込むだけ――！

「――母なる女神よ、この歪んだ生命を憐《あわ》れみ給《たま》え。慈悲深き腕に抱き、この者に救いを齎《もたら》し給え。私は神の子にして僕《しもべ》、その意を担《にな》う代行者なり。祈り叶《かな》えるのならば、救済がための力をここに――ッ！」

――〝《原初への浄罪《プライマル・ゼロ》》〟

夜明けの光のように眩《まぶ》しい光が、世界を照らす。
単眼鬼《サイクロプス》が繰り出した拳を、私もまた光を纏《まと》った拳で迎え撃つ。互いの拳がぶつかり合い、衝撃が空気を震わせた。
――打ち勝ったのは、私だ。
単眼鬼《サイクロプス》の身体の内側から光が零れるように広がり、ひび割れた先から黒いモヤのようになって世界の歪みが溢れ出す。

それ以上の抵抗はなかった。ゆっくりと膝を折り、傾くように倒れていく。

しかし、その巨体が地に倒れるよりも先に身体《からだ》が粒子として溶けて消えていく。

ふわりと広がり、そのまま溶けるように消えていく粒子に囲まれながら私は両手を合わせた。

「──どうか、安らかに眠り給え」

もう誰も、貴方《あなた》の死という安寧の眠りを妨げることがないように。

心からの祈りを込めて、私はそう告げた。

次の瞬間、怒号のような歓声が響き渡った。残った亡者《アンデッド》たちが数を減らす速度が加速していくのが見える。

その時、ふと遠くでまた別の変化が起きたのを私は感じ取った。勢いよく視線を向けた先はアリステの方角。

「──トルテ?」

ふわりと、爽やかな風が吹いた。その風にトルテの気配を感じたのは、私の気のせいなのだろうか。

そう思った瞬間、アリステから漂っていた世界の歪みの気配が変じていくのを肌で感じ取った。

「……そうですか、貴方たちもやり遂げたのですね」

アリステを包んでいた蜃気楼《しんきろう》の歪《ゆが》みがゆっくりと消えていく。

世界の歪みによって展開されていた異空間が解除されているのだろう。

それが意味することは、私の教え子たちは無事にダンジョンの浄化に成功したということだ。

いいや、それでも全員無事とは限らない。叶うのならば、今すぐ彼女たちの下に向かいたい。

その思いを堪《こら》えて、私は未だ亡者《アンデッド》たちが残る戦場へと目を向けた。

「もう少し、待っていてください」

そうしたら全力で貴方たちを抱きしめて、よくやったと褒めてあげたいから。

まずは、この戦場を完全に片付けてからにしよう。そう思い、私は戦いを続ける騎士たちに助力するために駆け出した。

エンディング

「──ティア・パーソンの抹殺に失敗しただと？」

カーテンがかかり、暗がりに沈む部屋の中でサイラスは自らが受けた報告を繰り返すように確認する。

問いかけられたのは、騎士。サイラスの前で跪《ひざまず》き、その顔色を酷く悪化させながら震えていた。

サイラスの一挙一動が気が気でないといった様子の騎士に、サイラスはただ睥睨《へいげい》するのみで何も言わない。

「く、繰り返し報告致します！　サイラス様の指示通り、アリステのダンジョン・コアを活性化させ、研究素材であった亡者《アンデッド》たちを使ってティア・パーソンを含め、レイナ・トライルの一党を始末する筈《はず》でした。しかし、ティア・パーソンの実力は予想を遥《はる》かに超えており、あの単眼鬼《サイクロプス》すらも一蹴してしまい……」

「そうか……」

静かにサイラスは声を漏らして、そっと息を吐いた。

騎士は死刑宣告を前にするかのように生気を失い、今にも気を失ってしまいそうな程に憐《あわ》れな姿を晒《さら》している。

「……くくく、ハッハッハッハッ！」

「……サ、サイラス様？」

「予想を遥かに超える、か。面白い……面白いぞ、ティア・パーソン！　聖女でありながら、あの単眼鬼《サイクロプス》と真っ向から殴り合う程の戦闘能力を見せたと？　聖女の力を極めたからこそ、その先の境地に開眼したというのか？　攻撃手段がないと言われていた聖女の力で？　何とも、実に愉快ではないか！」

心から楽しいと言わんばかりにサイラスは笑ってみせる。唐突に笑い始めたサイラスに騎士はどうしていいかわからず、困惑の表情を浮かべている。

すると、サイラスは火が消えたかのように表情を消した。まるで興味が失《う》せたかのように冷たい眼差《まなざ》しを騎士に向けたことで、再び騎士が硬直してしまう。

「報告は終わったな。いつまでそこにいるつもりだ？」

「は、はは！　す、すぐに下がります……！」

「いや、その必要もない」

すぐさま立ち上がって部屋を後にしようとした騎士。しかし、その背後からサイラスの声が聞こえたことで硬直する。

今目の前にいた筈なのに、どうして後ろから声がしたのか。その謎を明かす暇もなく、騎士の意識はそこで消失した。

サイラスは騎士の胸を貫いた剣を引き抜き、血を払う。遅れて騎士が胸を刺されたことを思い出したかのように崩れ落ちる。

じわりと血が広がっていく身体が、ふと闇に呑《の》まれるようにして跡形もなく消えた。

その様をあまり関心がなさそうに見届けた後、虚空《こくう》に向かってサイラスは話しかけた。

「ティア・パーソンたちはアリステを浄化した後、どうしているか把握しているか？」

「現在、行方を追っております」

どこからともなく淡々とした声が聞こえ、サイラスの質問に答える。

サイラスはそれを当然のように受け止め、剣を鞘《さや》に収めながら会話を続ける。

「くくく、こちらはティア・パーソンというよりは、レイナ・トライルの仕業だろうな。熱心に根を伸ばしていたからな、潜伏されれば後を追うのは容易《たやす》くはないだろう」

「いかが致しましょう？」

「放っておけ」

「……よろしいので？」

「気が変わった」

こつこつと音を立てて、再び椅子へと座るサイラス。

僅かな光源によって照らされる彼の顔には、どうしようもなく笑みが浮かんでいた。

「このまま真っ当な手段で国を掌握するのは、些《いささ》か退屈だった」

「退屈、ですか」

「あぁ、そうだとも。俺はな、王になれと生まれた子だ。ただそのために生を受けた。それなのに、王となる道がこうも平坦《へいたん》ではやり甲斐《がい》というものもないだろう？」

サイラスは笑う、ただ笑う。どこまでも楽しそうに、そして残虐に。

「俺はな、内から気付かぬ間に滅ぼすよりも、脅威となる者たちとの戦いを経て勝ち取りたいのだ。今まではそんな相手はいなかった。しかし、俺たちの最大の障害として立ちはだかる者が現れた」

この世に生まれ落ちてから、こんなにも心躍ることがあっただろうか？

心より楽しみだと、表情が、声が、彼の全てがそう語っているかのように。

「何よりも聖女らしく、しかし歴代の聖女とは比べようもない異端者。彼女こそが、この国を滅ぼすために必要だった最高の象徴だ。我が闘争の相手として実に申し分ない」

――彼女の死で、グランノアに決定的な終焉《しゅうえん》を齎《もたら》すことが出来る。

「こちらの方が、リリアリスの好みであろうな。国を滅ぼす悪役、実にいいではないか。正義は奴等《やつら》に掲げてもらおう。その上で、その全てを打ち砕く！」

サイラスの妹であるリリアリスは、憎しみで呼吸をしているような女だ。

その心の形は自分のものとは違う、けれどだからこそ共存出来る唯一の存在。最早《もはや》自分の傍《そば》にいることを許せるのは、彼女以外に存在しない。

それでいい。人としての安寧など、もうとっくの昔から望んでなどいない。

サイラス・グランノアにとって、それは永遠に価値を失ったものなのだから。

「雌伏の時間が終わるぞ。もっと悪辣に行こうじゃないか、聖なる国と名乗るのならば、その国を滅ぼすものは誰よりも邪悪であるべきだ」

その信念故に、彼は誰よりもこの先に待つ戦いに焦がれる。

「――ティア・パーソン。どうか、その存在を以《もっ》て俺の覇道を彩《いろど》ってくれ」

あとがき

この度は『聖女先生の魔法は進んでる！2　竜姫の秘めしもの』を手に取って頂きまして ありがとうございます。作者の鴉《からす》ぴえろです。

一巻に引き続いてこの作品を手に取って頂き、誠に感謝しております。楽しんで頂けたなら何よりです。

二巻は一巻でチラ見せしていたキャラや、新しいキャラたちが出てきて世界が更に広がり、そしてティアたちの敵となる者たちも明確にその姿を現しました。

特に、一巻から引き続き登場したレイナ、キャシー、デリルはティアとの繋《つな》がりを強く持つキャラたちです。彼等《かれら》との関係を描くことで、ティアを取り巻く世界をお見せ出来たのではないかと思います。

自分が大きく変わったと自覚した後で、自分の過去を知る人と会うと懐《なつ》かしかったり、気恥ずかしかったりします。ティアは特にキャシーとデリルの前ではそんなことを思ったことでしょう。

一方で教え子たちの話ですが、今回はエミーに焦点が当たりました。

自分に何が出来るのか思い悩むと、周囲と比べたりして落ち込むことがあります。自分のダメな部分がより目について、焦《あせ》りを抱いてしまいます。

よく言われるのは、自分で頑張って乗り越えなければならないという言葉ですが、実行するのは本当に大変です。とても辛《つら》く感じて、諦めることもあるでしょう。

確かに、自らの苦難を乗り越えるためには自分が頑張るしかありません。でも、人の力を借りてはいけない、とは思いません。応援してくれる人たちや、支えてくれる人たち。そんな存在もまた、自分が持つ力なのだと思います。

毎度素敵なイラストで感動させてくれるきさらぎゆり先生、作品の編集にいつも力を貸してくれる編集者さん、悩んでいたら相談に乗ってくれる友人方。そして、この作品を読んでくれる皆様、その全てが私を支えてくれて、ここまで来られました。

改めて、心からの感謝を。言葉や文字では伝えきれない程に感謝しております。良ければ、また次の話でも皆様とお会いすることが出来ることを祈って。

鴉ぴえろ

お便りはこちらまで

〒一〇二－八一七七
ファンタジア文庫編集部気付
鴉ぴえろ（様）宛
きさらぎゆり（様）宛

富士見ファンタジア文庫

聖女先生《せいじょせんせい》の魔法《まほう》は進《すす》んでる！2

竜姫《りゅうき》の秘《ひ》めしもの

令和６年６月20日　初版発行

著者——鴉《からす》ぴえろ

発行者——山下直久

発　行——株式会社KADOKAWA

〒102-8177

東京都千代田区富士見2-13-3

0570-002-301（ナビダイヤル）

印刷所——株式会社暁印刷

製本所——本間製本株式会社

●お問い合わせ

https://www.kadokawa.co.jp/（「お問い合わせ」へお進みください）

※内容によっては、お答えできない場合があります。

※サポートは日本国内のみとさせていただきます。

※Japanese text only

ISBN978-4-04-075230-3　C0193

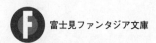

双星の
無名の青年が天下無双の大活躍！
彼の前世は、最強の英雄だ！
華流転生ソードファンタジー。

シリーズ好評発売中!
天剣使い
HEAVENLY SWORD OF TWIN STARS
名将の令嬢である白玲は、
一〇〇〇年前の不敗の英雄が転生した俺を処刑から救った、
才ある美少女。
それから数年後。
始まった異民族との激戦で俺達の武が明らかに——!
最強の白×最強の黒の英雄譚、開幕!
ファンタジア文庫

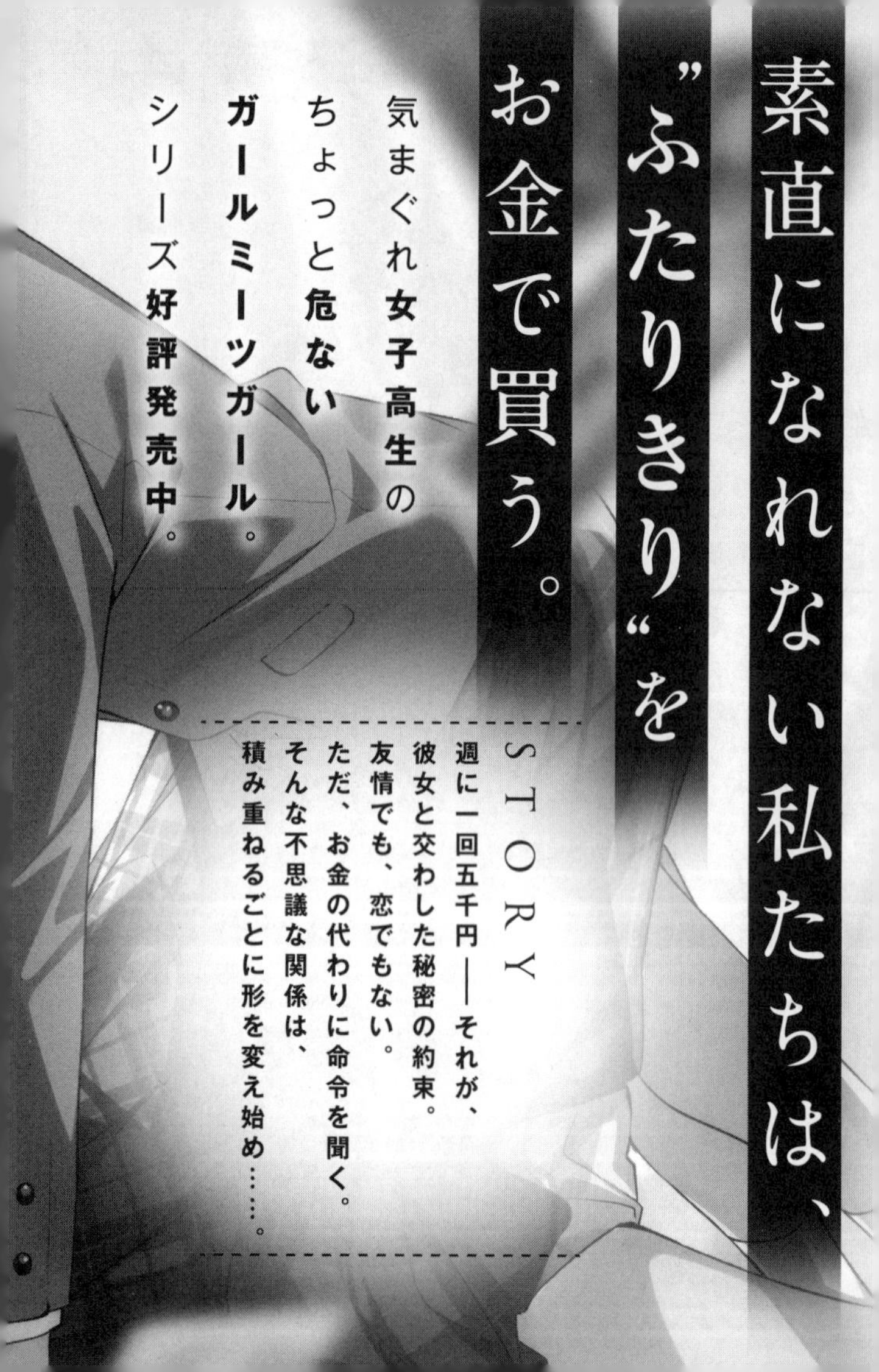

素直になれない私たちは、
"ふたりきり"を
お金で買う。
気まぐれ女子高生の
ちょっと危ない
ガールミーツガール。
シリーズ好評発売中。
STORY
週に一回五千円——それが、
彼女と交わした秘密の約束。
友情でも、恋でもない。
ただ、お金の代わりに命令を聞く。
そんな不思議な関係は、
積み重ねるごとに形を変え始め……。

ファンタジア文庫

週に一度クラスメイトを買う話

〜ふたりの時間、言い訳の五千円〜

羽田宇佐《はねだ・うさ》　イラスト／U35《うみこ》

USA HANEDA

切り拓け！キミだけの王道
ファンタジア大賞
原稿募集中！
賞金
《大賞》300万円
《金賞》50万円
《銀賞》30万円
選考委員
細音啓 「キミと僕の最後の戦場、あるいは世界が始まる聖戦」
橘公司 「デート・ア・ライブ」
羊太郎 「ロクでなし魔術講師と禁忌教典《アカシックレコード》」
ファンタジア文庫編集長
前期締切 8月末日
後期締切 2月末日
公式サイトはこちら！ https://www.fantasiataisho.com/
イラスト／つなこ、猫鍋蒼、三嶋くろね